長編小説

ほしがる嫁

〈新装版〉

葉月奏太

竹書房文庫

目次

第一章　義父の変貌

1

冷えきっていたリビングがようやく暖まってきた。

窓の外には澄んだ青空がひろがり、眩《まばゆ》い日の光が差している。ぽかぽか陽気に見えるが、今朝はこの冬一番の冷えこみだった。

一月下旬のとある朝、北宮里美《きたみやさとみ》は食事の準備に追われていた。

四つ口のガスコンロが大活躍だ。手前のコンロで目玉焼きと鯖《さば》の味噌煮《みそに》を作り、奥の二つではコーンクリームスープとわかめの味噌汁を温める。

夫は洋食派で、義父は和食派だ。晩ご飯は里美が自由にメニューを決めるが、朝は二人ともこだわりがあるらしい。一日の最初の食事というのは、それだけ大事なのだろう。作るのは大変だが、同時にやりがいも感じている。夫と義父を陰ながら支えることに、ささやかな喜びを感じていた。

二十八歳の女体を包んでいるのは、クリーム色のタートルネックのセーターにベージュブラウンのフレアスカート。それに淡いピンクのエプロンは、最近買ったお気に入りだ。手を動かすたびに、セミロングの黒髪が肩先で揺れていた。

すっかり主婦業が板についているが、三年前まではOLだった。冷凍食品の大手メーカーであるタカオカフーズに勤務しており、総務部に配属されていた。

スープをかき混ぜながら、ふと夫との馴れ初《そ》めを思いだす。

夫の紀之《のりゆき》は六つ年上で、タカオカフーズの営業部に所属していた。フロアが異なっていたので、言葉を交わしたことがないどころか、顔さえまったく知らなかった。

そんな二人が、ひょんなことから急接近した。

ある日、他の部署から総務部に、会社の前に車が止まっているからどけてくれと連絡が入った。たまたま内線電話を受けた里美が調べてみると、誰かが社用車を停車させたまま離れていた。

キーがついていたので、会社の車庫へ移動させたが、里美はペーパードライバーで運転に自信がない。狭い車庫に上手《うま》く入れられずに四苦八苦していると、たまたま外回りから戻ってきた営業部の社員が声をかけてきた。それが紀之だった。

事情を説明すると、代わりに運転して、車を車庫に入れてくれた。営業部の社員はいつも忙しそうにしているので、親切にしてくれたのが意外だった。些細《ささい》なことだが、そんな彼の誠実さに惹《ひ》きつけられた。

後日、食事に誘われたときは心が躍った。

何度か二人きりで食事をして、正式に交際を申し込まれた。以来、ゆっくりと着実に愛を育《はぐく》んできた。

そして、三年前にプロポーズされて、迷うことなく結婚退職した。

新婚生活は都心にほど近い賃貸マンションでスタートを切った。二人きりの暮らしは幸せそのものだった。ところが、一年ほど前に義父の久志《ひさし》が倒れたことで状況が一変した。

原因は単なる過労のためで大事にはいたらなかったが、四年前に母親を心不全でなんの前触れもなく亡くしている紀之は、急に不安になったらしい。申し訳なさそうに、父親との同居を提案してきた。

心配なのは里美も同じだった。義父をひとり暮らしさせておくわけにはいかず、二つ返事で了承した。いずれは同居するという話も出ていたし、義父の人となりはわかっていたので抵抗はなかった。

じつは、里美は幼い頃、父親を交通事故で亡くしている。

母親は近所のスーパーで正社員として働きながら、女手ひとつで育ててくれた。父親の記憶はほとんどないため、年配の男性に対する憧れが強かった。

里美たち夫婦は、久志がひとりで住んでいる郊外の一戸建てに引っ越した。

紀之の生まれ育った家だ。通勤時間は片道三十分ほど長くなるが、本人はさほど気にしている様子はなかった。

友人からは「お舅《しゅうと》さんと同居は大変でしょう?」などと言われるが、正直なところ義父と暮らすのはとくに苦痛ではない。もちろん、夫と二人のときとは違って多少は気を遣《つか》うが、久志はうるさいことを言うような人ではなかった。そして、本当の父親ができたようで嬉しかった。

そろそろ二人が起きる時間だ。

目玉焼きを皿に移し、鯖の味噌煮を器《うつわ》に盛る。スープと味噌汁も準備して、対面キッチンのカウンターに置いていく。ご飯は炊けているので、あとはトースターで食パンを焼けば準備完了だ。

そのとき、リビングのドアが開いた。

「おはよう……」

紀之が大きな欠伸《あくび》をしながら入ってくる。パジャマ姿で髪は寝癖だらけだ。まだ半分眠っているような目をしていた。

昨春の人事異動で昇進して、紀之は課長代理になった。それから、急激に仕事が忙しくなり、帰宅が遅い日がつづいている。休日出勤も増えて、接待ゴルフで家を空けることも多くなった。

そろそろ子供がほしいと思っていたが、それどころではないようだ。三十四歳で課長代理なら、出世コースに乗ったと言っていいだろう。大いに喜ぶべきところだが、毎晩くたくたになって帰ってくるので、体を壊さないか心配だった。

「紀之さん、おはよう」

いつものように、できるだけ明るい声を心がけた。

「ふふっ、目が開いてないわ」

里美が笑いかけても、紀之はなかなか目が覚めない様子で、食卓の椅子にぼんやりと腰掛けている。昨夜も日付が変わってから帰宅した。疲れが抜けきっていないであろう夫を、少しでも元気づけてあげたかった。

「コーヒー飲むでしょう？」

「うん……頼む」

紀之はリモコンでテレビをつけると、朝のニュースにチャンネルを合わせた。

お天気お姉さんの元気な声が聞こえてくる。すると、いつものタイミングで義父がリビングに入ってきた。

「おはようございます」

「うむ、おはよう」

久志がにこやかに声をかけてくる。一年前に倒れたとは思えないほど快活だ。背筋も伸びており、五十八歳という年齢を感じさせなかった。

「お義父《とう》さんもコーヒー飲みます？」

「いや、いいよ。味噌汁をいただくから」

久志は穏やかな目を里美に向けると、やさしげな微笑を浮かべた。

白髪《しらが》交じりの髪は自然な感じで整えてあり、白いワイシャツにグレーのスラックスを穿《は》いていた。家で仕事をしているのに、きちんとしないと気が済まないらしい。長年、外で働いてきた癖が抜けないのだろう。

以前は税理士事務所に勤務していたが、現在は独立して自宅で仕事をしていた。四年前に妻を病気で亡くして独り身になり、二人の息子たちは社会人として立派にやっている。がむしゃらに働く必要はなくなったので早期退職して、マイペースで仕事をしながら比較的のんびり過ごしていた。

久志は席につくと、いつもどおり朝刊をひろげる。ボーッとテレビを眺めている紀之の斜め向かいで、久志がむずかしい顔で新聞を読むというのが、北宮家の毎朝の風景だった。

里美はブラックコーヒーの入ったマグカップを紀之の前に置き、料理の載った皿をてきぱきとテーブルに並べていく。そして、エプロンを取ってから夫の隣、義父の正面の席に腰をおろした。

「美味《うま》そうな鯖だね。では、いただきます」

久志は新聞を畳むと、さっそく鯖の味噌煮に箸《はし》を伸ばす。白米とともに食べると、即座に表情をほころばせた。

「ほう、これは美味い。とろっとした味噌がたまらんよ。里美さんも、たまには和食にしたらいいのに」

「そうですね、今度……」

里美は言葉を濁《にご》して微笑《ほほえ》んだ。

毎朝、紀之と同じメニューを食べることにしている。夫か義父のどちらかに合わせるのなら、そうするのが自然な気がした。

「まあ、無理にとは言わんが」

久志は気を悪くした様子もなく、食事をつづけている。若干、表情が淋しげに見えたのは気のせいだろうか。長男夫婦と同居していても、伴侶《はんりょ》に先立たれた孤独は癒《いや》せないのかもしれない。

（たまには、お義父さんに合わせたほうがいいんだろうけど……）

そんなことを思いながら夫を見やると、トーストの角を半熟の目玉焼きに漬けて囓《かじ》っていた。

「やっぱり朝はこれだな」

ようやく目が覚めてきたらしい。紀之はコーンクリームスープもおいしそうに飲んでくれる。夫の笑顔が見られるのなら、早起きをして朝食の支度をした甲斐《かい》があるというものだ。

「晩ご飯はなにがいい？　紀之さんの好きなもの作って待ってるから」

「今日は遅くなりそうなんだ」

紀之は目を合わせることなくつぶやいた。

「それなら、温め直してすぐに食べられるものがいいわね。今日は冷えるみたいだから、シチューはどう？」

「ごめん……取引先のお偉いさんと飲みにいくことになってるんだ。だから、晩飯はいらないよ」

どうやら、かなり遅くなるらしい。それを聞いて、里美は少しがっかりしてしまう。

家族のために、がんばって働いているのはわかっている。それでも、以前に比べていっしょに過ごす時間が減っているのは淋しかった。

「そう……お仕事だものね」

「悪いね、今夜は遅くなるから先に寝てていいよ。あと週末は接待ゴルフが入ってるんだ……」

「うん、わかった」

暗い顔をしてはいけないと思うが、心はどうしても沈んでしまう。二人の間に微妙な空気が流れて、義父が困った様子で黙りこんだ。

「おっ、もうこんな時間か」

紀之は急に芝居がかった声をあげると、スープの残りを飲み干し、まるで逃げるようにリビングから出ていった。

（もう、紀之さんったら……）

自分に都合が悪くなると、こうやって誤魔化《ごまか》そうとすることがある。それでも、義父の前なので、溜め息はぎりぎりのところで我慢した。しかし、食欲はすっかり失せてしまった。

「すまないね、淋しい思いをさせて」

落胆を感じ取ったのだろう、久志が申し訳なさそうに声をかけてきた。

「あいつも今が働き盛りだから、大目に見てやってくれないか」

「お、お義父さん、そんな……紀之さんには感謝しています」

里美は慌てて作り笑いを浮かべて、淋しさを胸の奥に押しこんだ。

義父の心遣いが嬉しかった。こうして見守られている感じが、もしかしたら父性なのかもしれない。いつもの癖で、ほとんど記憶にない父親の姿を重ねていた。

2

濃紺のスーツに着替えた紀之を、玄関先で手を振って見送った。

義父と同居するようになり、「いってらっしゃいのキス」と「ただいまのキス」がなくなったのは数少ない不満のひとつだ。二人で話し合って、もうやめようと決めたわけではない。どうしても義父の視線が気になり、寝室以外でのスキンシップが自然と減ってしまった。

紀之を会社に送りだすと、久志は税理士の仕事をするため書斎にこもる。トイレに行く以外は、たいてい昼まで部屋から出てこなかった。

午前中、里美は家事で大忙しだ。洗濯機をまわしながら朝食の後片付けをして、風呂とトイレの掃除も一気に終わらせる。途中で洗濯物を干して、今度は一階から掃除機をかけていく。これを毎日やるとなると結構な重労働だ。

紀之はそこまでやらなくていいと言ってくれるが、義父が一日中家にいるので、いい加減なことはできなかった。

(最近はすっかり寝るだけの部屋になってしまったわ)

思わず小さな溜め息が溢《あふ》れだす。

掃除機をかけるため、二階の夫婦の寝室に入ったとき、十畳ほどの洋室に置かれたクイーンサイズのダブルベッドが目に入った。

乱れた掛け布団とシーツを見ていると、虚《むな》しい気持ちが湧きあがってくる。掃除機を置くと、ダブルベッドに力なく腰掛けた。

夫のことは愛しているし、義父もやさしくて親切だ。結婚してよかったと心から思っている。それなのに、ふいにブルーな気持ちになってしまう。

サイドテーブルには、結婚披露宴の写真が飾られていた。

白いタキシードを着た紀之が照れ笑いを浮かべている。その隣では、ウェディングドレスに身を包んだ里美が瞳を潤ませながら微笑んでいた。

友人や家族に祝福されて本当に幸せだった。今にして思うと、あの頃が幸福のピークだった気がする。不満があるわけではないが、妙に落ち着いてしまった。結婚生活とは、これほど単調なものなのだろうか。

「はぁ……」

ふたつ並んだ枕を見やり、またしても溜め息を漏《も》らしていた。

長く緩やかな坂を、ゆっくりと下っているような気がして怖くなる。それというのも、夜の生活から遠ざかっているせいだろう。

そっとベッドに横たわり、夫の枕に顔を埋めた。

(紀之さん……)

彼の残り香を嗅ぐと、余計に胸が切なくなる。

どうして紀之は抱いてくれないのだろう。いくら仕事が忙しいとはいえ、ここのところまったく触れてくれない。キスどころか、手も握られていなかった。

――旦那に毎晩求められて困ってるの。

先日、久しぶりに会った短大時代の友だちの言葉を思いだす。

困ってると言いながら、まったく深刻そうではなかった。彼女は里美より少し前に結婚したのだが、いまだに夜の生活は盛んだという。

――これじゃあ、身体がいくつあっても足りないわ。

嬉しそうにそんなことも言っていた。

会ってお茶でもしましょうとメールを送ってきたので、てっきりなにか相談事でもあるのかと思った。ところが、カフェオレ一杯で延々と自慢話を聞かされた。誰でもいいから、話を聞いてくれる相手がほしかっただけなのだろう。

彼女の旦那はかなり年上で、確か四十を越えていたと思う。紀之はまだ三十四なのにベッドに入ると、毎日わずか数秒で寝息を立てていた。

(わたしに魅力がなくなってしまったのかしら……)

そんな思いにとらわれ、悲しくなって枕に顔を押しつける。

それとも、結婚三年目にして飽きられてしまったのか。いずれにせよ、夫が指一本触れてくれないのは、あまりにも淋しすぎた。

紀之は性欲があまり強くないのか、もともとセックスは淡泊だった。結婚前に付き合っていた時期も、それほど激しく求められたことはない。当時は里美も充分満足していたのだが、ずっと求められていない状況だと、夫婦の距離が開いたようで不安だった。

少しでもいいから温《ぬく》もりを感じたい。せめて、おやすみの口づけだけでもしてほしかった。

(どうして、かまってくれないの？)

仕事が忙しくて疲れているのはわかっている。がんばっている夫を応援したい。だから、わがままを言うことができずに苦しんでいた。

枕に染みついた紀之の匂いを嗅ぎながら、自分の身体を両腕で抱き締める。すると、夫に抱かれているような気持ちが湧きあがった。

自然と右手がセーターの胸もとに伸びていた。布地越しにそっと揉《も》みあげると、なんともいえない切なさがひろがった。

「ああ……」

夫の枕に頭を載せて横向きになり、静かに瞳を閉じていく。

紀之の残り香を嗅ぎながら、右手で左胸を、左手で右胸を揉んでみる。夫の愛撫を思いだし、壊れ物を扱うように指先をめりこませた。

「はンンっ」

ゆったりと捏《こ》ねまわす。服の上からでも双乳《そうにゅう》の柔らかさが、指先にしっかりと伝わってきた。

「はぁ、紀之さん」

小さな吐息が溢れだす。自分の指を夫の指に見立てると、刹那《せつな》的な幸せを感じることができた。

やがて布地越しでは物足りなくなり、セーターの裾《すそ》をじりじりと引きあげる。もっと直接的な刺激がほしかった。セーターを胸の上までまくり、レースがあしらわれた純白のブラジャーに覆《おお》われた乳房を露《あら》わにした。

大きな双《ふた》つの柔肉が白い谷間を形作っている。染みひとつない肌理《きめ》の細かい肌はスベスベしており、窓から差しこむ日の光を受けて輝いていた。

高校に入ってから急激に胸が膨《ふく》らみはじめた頃は、恥ずかしくて仕方なかった。男子にはいやらしい目で見られるし、女子には嫉妬に満ちた視線を向けられた。

でも、今は密《ひそ》かに気に入っている。ウエストがしっかりくびれているので、なおさら乳房が大きく見えた。付き合いはじめの頃は、紀之も眩《まぶ》しそうな目をして褒めてくれたのに……。

「ンンっ」

ブラジャーの上から揉んでみる。それでもまだ物足りない。ホックを外すのももどかしく、カップを一気に押しあげた。

乳房がプルルンッと大きく波打ちながらまろびでる。まるでプリンを皿の上に落としたように激しく揺れていた。

(やだ……なんだか、いやらしいわ)

里美は自分の胸もとを見つめて、またしても吐息を漏らしてしまう。

白い双つの柔肉がこんもりと盛りあがっていた。仰向《あおむ》けになっているのに、しっかりと張りを保っている。頂点にはピンクの乳首が乗っており、すでにピンッと硬く尖《とが》り勃《た》っていた。

胸を少し揉んだだけなのに、妙に気分が高揚している。それというのも、しばらく夫に抱かれていないせいだろう。これまで目を背けてきたが、満たされない思いを胸の奥に抱えていた。

左右の手のひらを乳房に重ねてみる。指をゆっくり曲げて、柔らかい丘陵にめりこませた。

「ン……ンン……」

以前、紀之がしてくれたように、あくまでもソフトに揉みあげる。ゆっくりと指を動かすたび、半開きになった唇からこらえきれない吐息が溢れだした。

(お掃除の途中なのに……)

家事を投げだして、いったいなにをしているのだろう。心のなかで自分を戒《いまし》めるが、手の動きをとめることはできなかった。

硬くなった乳首を、指の股でキュッと挟みこむ。途端に痺《しび》れるような刺激が乳房全体を包みこみ、緩やかに全身へとひろがった。

「ああっ」

思わず顎が跳ねあがり、喘ぎ声が溢れだす。慌てて下唇を嚙《か》み締めるが、手は乳房を揉みつづけている。同時に乳首を指の間に挟みこみ、柔肉の芯までほぐすように指先を沈みこませた。

「はンっ……ンンンっ」

義父に聞かれるわけにはいかない。家事もしないで、昼間から自慰《じい》行為に耽《ふけ》る淫らな嫁と思われてしまう。

(こんなこと、やめないと……でも……)

葛藤《かっとう》しながらも、執拗に乳房を揉みつづける。

同じ屋根の下に義父がいるとわかっているのにやめられない。寝室のドアは閉まっている。よほど大きな声をあげなければ聞こえないと思うが、それでも胸の鼓動は異常なほど速くなっていた。

（も、もっと……）

どうやら身体に火がついてしまったらしい。全身が火照《ほて》り、もっと強い刺激がほしくてたまらなくなる。尖った乳首を指の間で刺激すると、重苦しい快感が下腹部に伝わった。

「あンンっ……紀之さん、もっと……」

愛する夫の名を呼ぶことで、ますます我慢ができなくなる。スカートのなかで内腿《うちもも》を擦《こす》り合わせると、股間の奥がジンジンした。

（どうして抱いてくれないの？）

ためらう指を下半身に伸ばしていく。フレアスカートをたくしあげて、ブラジャーとお揃いのレースで飾られた純白のパンティを露わにした。

ストッキングは穿いていないので、むちむちの太腿が剝《む》きだしになっている。十代の頃はもっと細かったが、ここのところ脂《あぶら》が乗ったように肉づきがよくなり、なんとも生々《なまなま》しい感じになっていた。

（わたし、なにを……ダ、ダメよ）

心のなかでつぶやくが、右手は恥丘に覆い被さってしまう。パンティの上から、ふっくらとした肉の丘を押し揉んだ。

「ンふっ……はふンっ」

内腿を強く閉じると、股間の奥がジーンと痺れる。左手では乳房を揉み、指先で乳首を摘《つま》みあげた。

（こんなこと、したくないのに……）

懸命に声を抑えて、自分の身体をまさぐりつづける。頭のなかにあるのは紀之のことだけだ。夫に抱かれる姿を想像しながら、乳房と恥丘を揉みまくった。

「はああっ……も、もう……」

もう我慢できない。ここまで来たら、最後までしないと収まりそうになかった。

昼間にこんなことをするのは初めてだ。ただ、夫の帰宅が遅い日など、風呂で湯船につかっているときに、つい股間に手が伸びてしまうことがある。それでも、ほんの少し触るだけでハッとして、決して最後まではしなかった。

（わたし、どうしちゃったの？）

自分の身体のことが理解できない。とにかく、全身が熱く火照っており、じっとしていられないほど昂《たか》ぶっていた。

恥丘にあてがっていた右手の指先を、太腿の間に滑りこませる。中指をパンティの船底に這《は》わせて、縦溝をゆっくりと擦りあげた。

「あっ……あっ……」

こらえきれない喘ぎが漏れる。軽く触れただけなのに、下腹部が波打つほどの快感がひろがった。

中指でスリッ、スリッと割れ目をなぞる。華蜜が滲《にじ》み出すのがわかり、パンティの薄い布地に恥ずかしい染みがひろがっていく。

(やだ、濡れちゃう)

指先で湿り気を感じると、なおのこと快感が大きくなる。自然と指の動きが速くなり、さらに愛蜜の量が増えてしまう。顎があがって背中が軽くアーチを描き、両脚がつま先までピンッと伸びきった。

「はああっ」

自分の指で股間をいじりながら、ぴっちり閉じた内腿をもじもじさせる。身体はもっと強い刺激を求めていた。

(た、足りない……これじゃあ、足りないの)

里美は両膝をゆっくり立てると、徐々に開きはじめる。誰かに見られているわけではないが、羞恥《しゅうち》のあまり顔がカッと熱くなった。そして、ついにパンティの船底に指を這わせたまま、下肢をM字型に開脚した。

昼間の寝室で、乳房を剥きだしにして脚を大きく開いている。しかも、パンティには愛蜜の染みがひろがっていた。誰かの前ではもちろん、自分ひとりのときでも、これほど恥ずかしい格好をしたことはなかった。

(わたし、なにを……)

ふいに我に返り、慌てて膝を閉じようとする。ところが、身体が凍りついたように動かない。それなのに指だけは縦溝をなぞりつづけている。パンティの上からヌルつく割れ目を擦っては、突端に位置するクリトリスのあたりで旋回した。

「ああンっ、ダ、ダメなのに……」

いけないと思っても、指が勝手に動いてしまう。三十路《みそじ》手前の熟れた女体が目を覚まし、さらなる愉悦《ゆえつ》を求めていた。

パンティの下で肉芽がぷっくりと膨らみはじめる。すると、ますます感度があがり、快感の波が波紋《はもん》のように股間から全身へとひろがった。

「はああっ!」

左手では乳房を揉みしだき、硬くなった乳首を転がしている。充血してピンク色が濃くなり、乳輪まで卑猥《ひわい》に膨らんでいた。

(もっと……ああっ、紀之さん、もっと……)

頭のなかに浮かんだ夫の顔に呼びかける。そして、勃起した乳首を強めに摘みあげると、女体がビクンッと仰《の》け反った。

「あッ、ああッ！」

鮮烈な快感が突き抜ける。しかし、これでもまだ物足りない。もっと、強い刺激がほしい。もっともっと気持ちよくなりたかった。

里美は息を乱しながら、パンティの股布を摘みあげて脇にずらした。濡れそぼった陰唇が露出して、冷たい空気がひやりと撫でる。直接覗きこまなくても、そこがどんな状態なのかは想像できた。

（こんな、はしたないことを……）

恥ずかしいことをしている自覚はあるが、膨れあがる欲望には抗《あらが》えない。右手の中指を陰唇に押し当てると、クチュッという淫らな蜜音が響き渡った。

「あンンっ、いや……」

大量に溢れた蜜で、股間は大洪水になっている。硬くなった肉芽も愛蜜にまみれており、指先を這わせると滑りまくって快感がひろがった。

（も、もう……欲しい）

ひとつになりたいと、心のなかで夫に向かって懇願《こんがん》する。そして、中指をクリトリスから膣口へと滑らせた。

「あうッ、は、入っちゃう……あああッ」

軽くあてがっただけなのに、ヌルッと指先がいとも簡単に滑りこむ。まるで吸いこまれるように、あっという間に第二関節まで入ってしまった。

もうとめられない。軽く抜き差しすると、膣襞《ちつひだ》がいっせいに絡みついてくる。新たな愛蜜が溢れだし、指がキュッと締めつけられた。

「あッ……あッ……」

夫の逸物《いちもつ》ではなくても、異物を咥《くわ》えこむのは久々だ。大きく開いた内腿に震えが走り、クリトリスがさらに硬く充血した。指の付け根で肉芽を圧迫しつつ、膣のなかを搔《か》きまわす。同時に乳房を揉みくちゃにして、尖り勃った乳首を摘みあげた。

「ああッ、もう……あああッ」

中指を夢中になって抽送《ちゅうそう》させる。もう昇り詰めることしか考えられない。乳房を握り締め、膣壁の感じる場所を擦りたてた。

「はああッ、い、いいっ、ああッ、もうダメっ、あぁあああああッ！」

膣が思いきり収縮して、鬱血《うっけつ》するほど指を締めつける。快感が脳天まで突き抜けたと思ったら、頭のなかが真っ白になった。

「はンンンンッ！」

一瞬意識が飛びかけて、ぐったりと脱力する。シーツの上に四肢を投げだして、ハァハァと息を乱していた。

股間を悪戯《いたずら》することはあったが、自分の指で昇り詰めるのは初めてだ。なにか越えてはいけない壁を乗り越えてしまった気分だった。

（紀之さん、わたし……）

夫の顔を思い浮かべると悲しくなる。

こんなことはしたくなかった。本当は紀之にやさしく抱かれて、愛に包まれながら女の悦《よろこ》びを感じたかった。

3

昼の十二時になると、いつもどおり久志がリビングに現れた。

昼食の時間はきっちり決まっている。舅にそうしてくれと、細かく指示されたわけではない。義父は仕事をしているので、時間を決めたほうが予定を立てやすいと思い、里美から提案したのだ。

「すぐにできますから、少しだけ待ってもらえますか」

フライパンを振りながら、対面キッチンのカウンター越しに声をかける。寝室でオナニーに耽ってしまったため、昼食の準備が少し遅れてしまった。

「慌てなくていいよ。急ぎの仕事があるわけじゃないから」

久志はにこやかに言うと、食卓の自分の席に腰掛ける。リモコンでテレビをつけて、昼のニュースにチャンネルを合わせた。

義父が穏やかな人で、本当によかったと思う。

舅や姑《しゅうとめ》と馬が合わなくて苦労している友だちもいる。毎日、嫌みを言われて、家事にもあれこれ口出しされるという。

同居前にそんな話を聞かされていたので、里美も最初はかなり緊張した。父親がほしいと思っていた反面、どう接していいのかわからなかった。とくに紀之が出勤してから、義父と二人きりになると気詰まりだった。

ところが、ある出来事をきっかけにして急速に打ち解けた。

あれは同居して一週間ほど過ぎた頃だった。強引でしつこい新聞の勧誘員が家に来て、おとなしい里美が困っていると、書斎から義父が出てきて対応してくれた。毅然《きぜん》とした態度で、セールスをきっぱり断ってくれたのだ。

あのときは義父が頼もしく見えた。大袈裟《おおげさ》かもしれないが、きっと父親とはこうやって娘を守るものなのだろうと思った。

あの日を境に、本当の親子に近づけた気がする。今では義父と二人きりの昼食にも、すっかり慣れていた。実の父が生きていれば、こんな感じだったのではないか。ある程度の距離感は保ちつつ、いい関係が築けていた。

「うん、おいしい」

味見をして、フライパンに胡椒《こしょう》をさっとひと振りする。

今日の昼食はチャーハンだ。ネギと卵だけのシンプルなものだが、醤油《しょうゆ》が香ばしくてじつに食欲をそそる。義父もお気に入りで、しばらく作らないとリクエストされるほどだった。

「お義父さん、もうできました」

火を消しながら声をかける。あとは皿に盛るだけで完成だ。ところがバタバタしていたので、皿を用意しておくのを忘れていた。

チャーハン用の皿は、流しの上の棚にしまってある。手が届かないので、いつも踏み台を使っていた。

キッチンの隅から木製の踏み台を持ってくると、急いで駆けあがって棚の扉に手を伸ばす。台を置く位置が少しずれていたが、義父を待たせているので無理な体勢で皿を摑《つか》んだ。

「あっ……」

そのとき、バランスが崩れて台がぐらついた。不安定な状態をなんとか立て直そうとするが、揺れをとめられない。もうどうすることもできず、身体が真後ろに傾いた瞬間、

「きゃっ！」

「危ない！」

里美の悲鳴と久志の声、それに皿の割れる派手な音が重なった。

激しい衝撃を覚悟していたのに、なぜか身体は倒れずに宙に留まっている。久志が駆け寄り、間一髪のところで抱きとめてくれたのだ。

「よかった。なんとか間に合ったよ」

「す……すみません」

里美は肩をすくめたまま、背中から久志に抱かれていた。

まだ恐怖が冷めやらず、それ以上言葉がつづかない。膝がガクガクして力が入らず、完全に体重を預ける格好になっていた。

「た、立てなくて……」

「慌てないでいい。怪我はないね？」

耳もとで久志が語りかけてくる。

神経は昂ぶっているのに、これまで体験したことのない安心感があった。父親の腕に抱かれるというのは、こんな感じなのだと初めて知った。

テレビから流れてくるアナウンサーの淡々とした声と、里美の乱れた息遣いだけが聞こえていた。

（え……？）

ようやく気持ちが落ち着いてくるが、ふと違和感を覚えて自分の胸もとを見おろした。すると、背後からまわされた義父の手が、エプロンの上から乳房の膨らみを包みこんでいた。

「あっ、い、いかん」

久志が慌てた様子で手を離す。たった今、気づいたらしく、普段は冷静な義父が珍しく動揺していた。

「す、すまない、わたしも必死だったから」

悪気があったとは思えない。義父が真面目な人だということは、一年間いっしょに暮らしてきてわかっていた。

「い、いえ、ありがとうございます」

里美は自力で身体を起こすと、気にしていない振りを装《よそお》った。

こういうことは、すぐに忘れてしまったほうがいい。故意ではなく、単なる偶然なのだから……。

「お義父さんがいなかったら、大怪我をしているところでした」

正面を向き、あらためて礼を言う。そのとき、ふと義父の股間が目に入った。スラックスがこんもりと膨らみ、布地がピンッと張り詰めていた。

（ま、まさか……）

見てはいけないと思うが、つい凝視してしまう。

すると視線に気づいたのか、久志は誤魔化すように突然しゃがみこみ、床に散らばっている皿の破片を拾いはじめた。

「手を切ったら大変だ。わたしがやるからいいよ。里美さん、古新聞を持ってきてくれるかな」

久志の口調が普段より速くなっている。顔をあげないところにも動揺が感じられた。

「は、はい、古新聞ですね」

里美はなにも見なかったことにして、古新聞を取りにいく。平静を装うが、心のなかはざわついていた。

偶然、乳房に触れてしまったことで、義父の股間が大きくなった。スラックスのなかで、男性器を膨らませていたのだ。いくらアクシデントとはいえ、さすがに気まずかった。

（お義父さんが、そんな……）

男性の生理がまったくわからないわけではない。それでも、義父に対して初めて男を感じて、里美は内心激しく動揺していた。

割れた皿を片付けてから、ようやく昼食を摂《と》った。

二人の間にはぎこちない空気が流れていた。久志の好物のチャーハンだったが、まったく会話が弾《はず》まない。向かい合わせに座っているのに、食事を終えるまで一度も視線が合わなかった。互いに意識し過ぎて、おかしな感じになっていた。

里美は食事中ずっと顔が熱かった。うつむいた久志の顔も赤く染まっていた。

「ごちそうさま……」

久志はすっと席を立ち、書斎へと戻っていった。

いつもは「おいしい」「いつもありがとう」と、やさしく感謝の言葉をかけてくれる。それなのに、今日は最後までなにも言ってくれなかった。

(……どうしたのかしら?)

胸の鼓動が収まってくれない。

自分が義父に男を感じたことに驚いている。そして、それ以上に義父が自分に触れたことで、股間を膨らませたのがショックだった。

(でも、わたし……)

心のどこかで悦んでいた。大きな声では言えないが、女として見られたことが嬉しかった。

4

午後はなにも手につかず、ぼんやり過ごしてしまった。風邪でもないのに微熱があるような状態で、ずっと身体が火照っていた。

近所のスーパーに行くつもりだったのに、なにもする気が起きなかった。夕日が差しこんでくるまで、リビングのソファにただ座っていた。

原因はわかりきっている。偶然とはいえ、義父に胸を触られて、股間を膨らませているのを目撃した。それだけでもショックなのに、女として見られていることに密かな悦びを感じてしまった。

日が暮れかけてから、慌てて晩ご飯の支度をした。

冷蔵庫のなかにあった物で作った肉野菜炒めに、ご飯と味噌汁。いかにも手抜き料理だが、これが今の里美にできる精いっぱいだった。

「おっ、野菜炒めか、いいね」

久志はリビングに入ってくるなり、先ほどとは一転して明るく振る舞いながら席についた。

今夜も義父と二人きりの夕食だ。紀之は接待があるので遅くなると言っていた。がんばって働いてくれるのはありがたいが、たまには早く帰ってきてほしい。今日のようなことがあると、切実なまでに思ってしまう。

「うん、おいしいよ」

久志は褒めちぎりながら食べてくれる。気を遣っているのがわかるから、なおのこと心苦しかった。

「あ、ありがとうございます」

自然にしようと思うが、里美はまだ気持ちの切り替えができてない。今、こうして義父と向かい合わせに座っているだけでも、昼間のことを思いだして胸がドキドキした。

タートルネックのセーターから、純白のブラウスに着替えているのは、身体のラインを見せたくないからだ。それでも義父の視線が気になった。

(もう忘れるの、あれは事故なのよ)

心のなかで自分に言い聞かせる。普段どおりにしていれば、そのうち時間が解決してくれるはずだった。

「やっぱり、里美さんは料理が上手だね」

久志も昼間のことを意識しているのだろう。先ほどから、同じような言葉を繰り返していた。

「そんなこと言ってくれるの、お義父さんだけですよ」

話を合わせて答えながら、ふと夫のことを思いだす。最近はご飯を食べても、おいしいと言ってくれない。以前より明らかに会話が減っていた。仕事で疲れているのはわかるが、まったく相手にしてもらえないのは淋しかった。

(でも、お義父さんは……)

昼間、久志の股間は大きなテントを張っていた。スラックスの布地が破れんばかりに、男根を膨らませていたのだ。

そのとき、味噌汁のお椀《わん》に口をつけていた久志が、胸もとにチラリと視線を送ってきた。

(あっ……)

危うく箸を落としそうになってしまう。なんとか声はこらえたが、動揺して胸の鼓動が速くなった。

たまたまこちらを見ただけかもしれない。義父も気にしているのだから、まさか胸を盗み見たりはしないだろう。いくらそう思おうとしても、身体の火照りがどんどん増してしまう。

(やだわ、なんだか熱い)

頭の芯まで熱くなっている。このままだと汗ばんでしまいそうだった。

ブラウスのボタンは一番上まできっちり留めてある。普段はひとつ開けておくが、今日は極力露出を避けたかった。

(でも、ひとつくらいなら……)

ふとそんな考えが脳裏をよぎる。

ボタンをひとつ外すだけなら、いつもと同じになるだけだ。なんの問題もないはずだった。

里美は箸を置くと、さりげなさを装ってブラウスのボタンに指をかけた。

真正面の義父は、気にする素振りもなく箸を動かしている。こちらを直接見ることはないが、意識を向けているのは伝わってきた。

ボタンをひとつ外す。さらに、もうひとつ……。

なぜか指が勝手に動いて、二つ目のボタンまで外してしまった。ブラウスの襟《えり》もとがはらりと開き、細い鎖骨《さこつ》がわずかに覗く。ひんやりとした外気が肌を撫でることで、これまで感じたことのない緊張感がひろがった。

そのとき、久志が視線を向けてきた。襟もとから露わになった地肌を見つめて、驚いたように目を丸くする。だが、すぐに視線を逸《そ》らして食事を再開した。

(わたし、なにをしているの?)

自分で自分の行動が理解できない。

見られることに戸惑いながらも、心のどこかで悦びを感じている。女として見られるのが心地よかった。

「それにしても、あれだね……ここのところ寒いね」

久志が取り繕《つくろ》うようにつぶやいた。話題がなくて困っている様子だ。

「はい……そうですね」

里美もとりあえず返事をする。実際、寒さなどまったく感じない。身体はますます熱くなっていた。

(お義父さんに見られていると……)

視線が這いまわるたび、体温があがっていく。見られるほどに、心の奥の敏感な部分が刺激された。

自分にはまだ女の魅力があるのだろうか。

義父の視線を感じていると、忘れかけていた感覚がよみがえってくる。夫が見てくれずに自信をなくしていたので、久しぶりの高揚感が嬉しかった。

(もう少し……あとひとつだけ)

指先をブラウスの胸もとに伸ばしていく。

久志は白米を口に運んでいるが、意識はこちらに向いている。おそらく視界の隅に捕らえているに違いない。気づかない振りをしているが、義父の体からこれまで感じたことのない熱が滲みでていた。

（もっと……もっと見られたい）

頭のなかが痺れたような状態になっている。もう少しだけ、女として見られる悦びを感じたい。三つ目のボタンを外すと、さらに襟もとが左右にひろがった。

「はぁ……」

思わず鼻にかかった甘い溜め息が溢れだす。

人前でこんなに大胆な格好をするのは初めてだ。胸の谷間もチラリと覗き、ブラジャーが見えそうで見えないギリギリのところまで露出した。

恥ずかしかった。しかし、それ以上に心が躍っている。義父は顔をあげようとしないが、それこそが意識している証拠だ。

「ご、ごちそうさま」

久志が突然、箸を置いて立ちあがった。皿にはまだおかずが残っている。義父が出された物を全部食べないのは初めてだった。

「わたしは、まだ仕事があるから……」

不自然なほど慌てていた。嫁の艶《つや》っぽい姿に戸惑っているのかもしれない。久志はそそくさと、リビングから出ていこうとする。ところが、ドアを閉めるときに、ほんの一瞬だが振り返った。

（ああ、また……）

またしても視線を感じて、全身が燃えるように熱くなる。痺れにも似た快感電流が、背筋をゾクゾクと走り抜けた。

義父の困惑する反応が嬉しかった。

頭の片隅では、なにをやっているのだろうと思うが、女としての満足感がすべての感情を麻痺させていた。

5

二日後の夜――。

紀之はまた帰宅が遅くなるらしい。

大手量販店の担当者と飲みにいくことになったと、夕方になって電話がかかってきた。昨日も遅かったので、これで三日連続だった。

電話を受けたとき、すでに晩ご飯の準備はできていた。主婦にとって、これほどがっかりすることはない。しかも、今夜は夫の好きなトンカツにしようと思っていたので、落胆はなおさらだった。

（また、お義父さんと二人きり……）

里美が意識するのだから、久志も当然考えることは同じだろう。食卓には微妙な空気が流れていた。

「こいつは美味い。せっかくのトンカツを食べられないなんて、紀之が知ったら悔しがるぞ」

義父の妙に明るい声が、静かなリビングに響き渡る。里美はかろうじて笑みを浮かべるだけで、まともに答える心の余裕がなかった。

一昨日はどうかしていた。つい調子に乗って、ブラウスの胸もとを見せつけてしまった。あの後、ひどい自己嫌悪に襲われた。夫が仕事をしている間に、淫らな格好をして義父を挑発するようなことをしてしまうなんて……。

昨日は朝から晩まで一日中、懺悔《ざんげ》していた。

義父に謝り、夫に許しを乞《こ》い、自分を叱責《しっせき》しつづけた。

後悔して反省して、二度とあんなことはするまいと心に誓った。そう、心に誓ったはずだった。

（それなのに、わたし……）

今日は淡いピンクのシャツに、ベージュのカーディガンを羽織っている。

上半身だけ見れば地味な格好だ。ところが、下半身に着けているのは膝上二十センチのミニスカートだった。しかも、身体にぴったりフィットする、ニット生地の黒い挑発的なタイトミニだ。

夕方、夫からの電話を切った後、悲しくて淋しくてどうにもならなくなった。いっしょの時間を過ごせないのなら、結婚した意味がない。もっとかまってほしいと思ったとき、ふと義父の顔が脳裏に浮かんだ。

――お義父さんなら、わたしのことを見てくれる。

熱い視線を思いだした途端、居ても立ってもいられなくなった。

急いで寝室に向かうと、フレアスカートをタイトミニに穿き替えた。義父に見られることで、自分の価値を確認したい。自分が女であること、誰かに必要とされていることを実感したかった。

「食欲がないのかい？」

久志が穏やかな声で尋ねてくる。ところが、まっすぐ目を見ることはなく、皿に残っているトンカツを眺めていた。

「作っているときに味見を……それでお腹がいっぱいに……」

適当に誤魔化すが、もちろん本心は違う。義父もおかしいと思っているのか、いつしか口数が少なくなっていた。

会話が途切れると息苦しくなる。テレビを流しておけばよかったが、今からつけるのも不自然だろう。

「紀之は、また夜中になるのかね」

「はい、遅くなるから先に寝ていてくれと……」

「ふむ、そうか」

どうにも会話がつづかない。その代わりに、久志がチラリと胸もとに視線を送ってきた。

(ああ……)

たったそれだけで、胸の奥に熱がひろがっていく。

シャツのボタンは上まで留めてある。身体のラインも透けていない。それでも、剝きだしの肌を見られたような羞恥と高揚を感じていた。

(わたし……どうしたのかしら?)

食卓の下で、ストッキングを穿いていない内腿を擦り合わせる。股間の奥がむずむずして、どうにも落ち着かなかった。

「ごちそうさま、おいしかったよ」

久志が食事を終えて立ちあがろうとする。この流れだと、すぐ書斎にさがってしまいそうだった。

「あの……」

ほとんど無意識のうちに呼びとめていた。今夜もまた、夫のいない淋しい夜を過ごすのがつらかった。まだひとりになりたくない。もう少しだけ、義父に見てほしかった。

「お茶でも、いかがですか？」

「ん？　ああ、いいね。いただこうか」

無下《むげ》に断るのも悪いと思ったのだろう。久志は笑顔を見せると、リビングのソファへと移動した。

「すぐにお湯を沸かしますね」

里美も立ちあがり、いったんキッチンへとさがった。

やかんを火にかけ、急須《きゅうす》と湯飲みを準備しながら、対面キッチンのカウンター越しに義父の様子を確認した。夕刊をひろげて眺めている。こちらを気にしている様子はなかった。

（ちょっとだけなら……）

またおかしな気持ちが湧きあがる。頭の片隅では、やめたほうがいいと思う。それでも、妖《あや》しい欲望のほうが勝っていた。

里美はカーディガンを脱ぐと、シャツのボタンを上から三つ外してみる。胸の谷間が見えて、白いブラジャーのレースがわずかに覗いた。しかも、膝上二十センチのタイトミニだ。

（大胆過ぎるかしら？）

胸のうちでつぶやくが、躊躇《ちゅうちょ》したのは一瞬だけだった。

心やさしい久志のことだから、きっと見て見ぬ振りをしてくれるだろう。熱い視線を感じて、女として見られる悦びと、ほんの少しのスリルを味わいたい。紀之が相手にしてくれないのなら、別のところで刺激を求めるしかなかった。

「お待たせしました」

お盆に急須と湯飲みを載せて運んでいく。

義父が腰掛けているのは、黒革製の三人掛けのソファの右端だ。里美は内心の緊張を押し隠し、ごく自然な素振りで、すぐ隣に腰掛けた。

「ん……」

距離が近すぎて驚いたのか、久志が夕刊を畳みながら緊張するのがわかった。

義父のスラックスの膝と、里美のタイトミニから剝きだしの膝が触れている。ソファに座ったことで裾がずりあがり、ストッキングを穿いていない生の太腿が、付け根近くまで剝きだしになった。

（ああ、見られてるわ）

里美は木製のローテーブルに急須と湯飲みを置きながら、さっそく義父の視線を感じていた。

久志は落ち着かない様子で、急に白髪交じりの髪をいじったり、手のひらで顔を撫でたりしている。そうやって誤魔化しながら、横目で肉づきのいい太腿を舐《な》めるように見つめていた。

「お、お義父さんのお好きな緑茶です」

心臓がバクバクと音をたてている。声が上擦《うわず》ってしまうが、それでも見られるのが嬉しくてならなかった。

急須を手にすると、ふたつの湯飲みに注いでいく。少し前屈みになることで、シャツの胸もとから覗く胸の谷間が強調されているはずだ。実際、義父の粘りつくような視線が、太腿から胸もとに移動するのを感じていた。

「はぁ……」

思わず小さな吐息が漏れてしまう。

身体を見られることが快感になっている。夫が相手にしてくれない以上、こうやって視線を浴びることが、女を実感できる唯一の時間だった。

(熱い……身体が熱いわ)

もっと見てほしい。もっとあからさまに見つめて、女であることを思いださせてほしかった。

「りょ、緑茶か……いいね」

「熱いから、気をつけてくださいね」

さらに里美は脚を組み、太腿を大胆に露出させる。あと少しでパンティが見えてしまいそうだった。

「おっ……」

隣の久志が、生唾《なまつば》を呑みこむ音が聞こえてきた。

息子の嫁に欲情しているのか、これまでにないほどの熱気が感じられる。いくらなんでも、少しやり過ぎたかもしれない。視界の隅には、目を大きく見開いた義父の顔が映っていた。

「なにか、お茶菓子を……」

里美はいったん間を置こうと、ソファから立ちあがる。そして、キッチンにさがろうとしたとき、足がもつれてバランスを崩した。

「きゃっ！」

絨毯《じゅうたん》の上に倒れこんでしまった。

毛足の長いふかふかの絨毯なので怪我はない。身体を横向きにして、右肘をついた格好だ。下肢はくの字に流して、ぴったりと重ねていた。

至近距離から義父の視線を浴びつづけたことで、身体が芯から熱くなっている。起きあがろうとすると股間の奥がジーンと痺れて、割れ目からいやらしい蜜が滲み出すのがわかった。

(や、やだ、どうしちゃったの？)

自分でも気づかないうちに欲情していたらしい。卑猥な視線を意識することで、女の悦びを感じるだけではなく、さらに股間を濡らしてしまった。

「さ……里美さん」

久志がゆらりと立ちあがり、ふらふらと歩み寄ってきた。

てっきり助けてくれるのかと思ったら、義父の視線はなぜか里美の下半身に向いている。まるで発情期を迎えた犬のようにハァハァと呼吸を乱し、血走った目で見おろしていた。

「あっ……」

釣られて自分の下半身を見た瞬間、顔が火のように熱くなった。タイトミニが完全にずりあがり、太腿はおろか白いパンティが剝きだしになっていた。

「し、失礼しましたっ」

慌ててタイトミニをおろして隠すが、里美が気づくまでずいぶん時間があった。

横向きになっているので、パンティの裾が尻たぶに食いこむ様や、プニッと溢れだした尻肉も、すべてをしっかりと見られただろう。里美は羞恥にうつむくしかなかった。

「うっ……うあっ！」

そのとき突然、久志が言葉にならない呻《うめ》きを漏らしながら、いきなり覆い被さってきた。下肢をまたぎ、里美の上で四つん這いになる。

「お、お義父さん？」

里美は身の危険を感じるが、どうすることもできなかった。とっさにうつ伏せになり、力の入らない下半身を叱咤《しった》して逃げようとする。しかし、軽く背中を押されただけで、再びべったりと倒れこんだ。

「ああっ……お、お義父さん、ど、どうしたんですか？」

「……さ、里美さんがいけないんだ。わたしを挑発するから」

すぐ耳もとで久志の声が聞こえてくる。髪の毛の匂いを嗅いでいるのか、乱れた息が、後頭部から右耳にかけてをくすぐった。

「ちょ、挑発だなんて……あうっ」

匍匐《ほふく》前進のように、なんとか義父の下から這い出そうとする。ところが、背中にのしかかられて、身動きをあっさり封じられた。

「年寄りをからかって楽しかったか？」

「ご、誤解です」

「本当の娘のように思っていたのに、まさか里美さんがそんなことをするとは見損なったよ」

「お義父さん、ち、違うんです」

体重をかけられて息ができない。それでも、絨毯に頬を擦りつけながら、必死に言葉を絞りだす。このままでは、取り返しがつかないことになりそうだった。

「なにが誤解だ。この前も見せつけてたじゃないか」

久志はいっさい聞く耳を持たない。耳の後ろあたりに鼻先を押しつけて、生温かい息を吹きかけてきた。

「はンっ、ま、待ってください」

手足を必死にばたつかせて逃れようとする。すると、手首を摑まれて、背後にひねりあげられた。

「いっ……痛いです」

「暴れるからいけないんだよ」

久志の冷たい声が降り注ぐ。憤怒と欲望の入り混じった異様な声だった。

（こ、怖い……）

震えあがっている間に、両腕を背中にまわされる。腰の上に押さえつけられて、手首を重ねた状態でなにかを巻きつけられた。

「な……なんですか？」

反射的に尋ねるが、返事を聞く前にベルトだとわかった。久志はいつの間にかスラックスから抜き取っていて、それで里美の手首をひとまとめにして縛《しば》っていった。

「い、いや、なにを……」

恐るおそる背後を振り返ると、そこには目をギラつかせた義父の顔があった。

「ひっ……ほ、解《ほど》いてください」

腕に力をこめてみるが、びくともしない。革製のベルトが手首に食いこみ、鈍《にぶ》い痛みがひろがった。なにが起こったのか理解できない。縛られるのなど、人生で初めての経験だった。

「里美さんが誘ったんだよ」

久志は耳もとで囁《ささや》くと、背中から降りて添い寝をするような格好になる。そして、タイトミニの上からヒップを撫でまわしてきた。

「あっ、ダ、ダメです」

「こういうことをされたかったんだろう？　だから、わたしに見せつけて挑発したんじゃないのか？」

やさしい義父とは思えない言葉だった。臀丘の丸みに沿って手のひらを動かしたかと思うと、不意を衝《つ》くように指を曲げて鷲掴《わしづか》みにした。

「あうっ、い、いやぁっ」

身をよじるが、どうにもならない。尻を振るような格好になり、余計に義父を悦ばせるだけだった。

「こうか？　こうしてほしかったのか？」

久志は興奮した様子でつぶやき、双つの尻たぶを撫でては摑み、さらには揉みしだくことを繰り返す。そうしながら、タイトミニを徐々に引きあげはじめた。

「そんなに見せたいなら、じっくり見てあげよう」

「ま、待ってください、わたしが……わたしが悪かったです」

動転しながらも、涙声で謝罪する。

そもそも里美が自分の密かな悦びのために、義父に肌を見せつけたのがはじまりだった。調子に乗って段々と露出度がアップした。見られる快感に酔いしれて、相手がどう思うかまで気がまわらなかった。

「わたしが、お義父さんに、あ、甘えて……す、すみませんでした」

言い終わった途端に涙が溢れだす。義父に申し訳ないことをした。穏やかな性格の人なのに、これほど興奮させてしまったのは自分の責任だった。

「謝る必要はない」

「お……お義父さん？」

「全部わたしにまかせておけばいいんだよ」

言い終わるやいなや、久志はタイトミニを一気にまくりあげると、白いパンティに覆われたヒップを露わにした。

「い、いやっ」

身をよじる間もなく、パンティを引きおろされる。ついに尻が剝きだしになり、両手でむんずと摑まれた。

「ああっ、やめてぇっ」

とても現実のこととは思えないが、尻たぶに指を食いこまされる刺激は本物だ。実の父親のように思っていた人に、尻を好き放題に揉み嬲《なぶ》られていた。

「ううむっ、この揉み心地、いい尻だ」

「そ、そんな……あうっ、いやですっ」

必死に訴えるが、興奮した久志をとめることはできなかった。

「ずっと前から、こうして触ってみたかったんだ」

「い、いやっ、いけません」

もしかしたら、以前からいやらしい目で見られていたのかもしれない。そんなことを考えると、なぜか背筋がゾクゾクして抵抗力が弱まってしまう。

(お義父さんが、わたしのことを……)

ずっと性の対象として見ていたのだろうか。一年間もいっしょに暮らしながら、まったく気づかなかった。

「いいぞ、この感触、ううっ、もうたまらん」

久志は生尻を散々揉みまくると、女体を仰向けに転がした。

「あっ……」

縛られた腕が身体の下敷きになるが、絨毯は毛足が長いのでそれほど痛くない。それよりも、人が変わったような義父の目が恐ろしかった。

「わ、わたしが悪かったです……謝りますから」

里美にできるのは、謝罪の言葉を繰り返すことだけだ。ところが、久志はミニスカートをまくりあげて、股間を剝きだしにした。

「おおっ、これが里美さんの……」

パンティは引きおろされて太腿に絡まっているため、内腿を擦り合わせていても恥丘が丸見えになっている。陰毛が煙る膨らみに視線が這いまわり、激烈な羞恥が突き抜けた。

「ああっ、もう許してください」

「顔に似合わず毛深いんだね」

久志が目をギラつかせながら、右手を恥丘に伸ばしてくる。指先で陰毛を弄《もてあそ》び、下から上へと撫であげてきた。

「ひっ、そ、そんなところ……」

「ほほう、これがいいのか？」

「や、やめてください、ああっ、ダメぇっ」

太腿に絡まっていたパンティをおろされて、つま先から抜き取られる。そして、強引に膝を割り開かれたと思ったら、脚の間に入りこんできた。

「いやっ、見ないで、いやですっ」

「なんて綺麗《きれい》なんだ」

久志は正座をすると前屈みになった。息が吹きかかりそうなほど顔を近づけて、剝きだしになった陰唇をまじまじと覗きこんできた。

「やめてください、お願いです」

「なんだこれは、ぐっしょり濡れてるじゃないか」

粘着質な視線が絡みついてくる。女の部分を凝視されて、失神しそうなほどの羞恥に襲われた。

「ウ、ウソです、そんなこと……」

首を振って否定するが、本当は最初からわかっていた。

タイトミニから剝きだしの太腿に、義父の視線を感じているときから、股間の奥がしっとりと湿っていた。見られることで女の悦びを覚えて、いやらしい蜜が滲むのをとめられなかった。

「恥ずかしがることはない、紀之が忙しくて、淋しかったんだろう？」

いきなり核心を突かれてドキリとする。里美はなにも言えなくなり、股間に顔を近づけている義父の顔を見おろした。

「わかるよ。わたしも、妻に先立たれてるから似たような立場だ」

久志の目に同情の色が浮かんでいる。四年前に愛する妻を失い、淋しい思いをしてきたのかもしれない。

「お、お義父さん……」

自分のことばかりで、義父を気遣うことができなかった。そればかりか、大胆な姿を見せつけて喜んでいた。女であることを実感したいがための、ちょっとした悪戯心が、とんでもない事態を引き起こしてしまった。

「す、すみませんでした、お願いですから正気に戻ってください」

「謝る必要はないと言ってるだろう。それどころか、こんなご馳走《ちそう》をいただけるんだからね」

久志はそう言うなり、股間に顔を埋めてくる。陰唇にむしゃぶりつき、舌を伸ばして舐めまわしてきた。

「ひあッ、い、いやっ、あああッ」

鮮烈な刺激が突き抜ける。久しく味わっていなかった感覚が、一瞬にして股間から四肢の先までひろがった。

「これが、里美さんの……むううっ」

まるで獣《けもの》のように呻きながら、久志が陰唇にしゃぶりついている。陰唇をベロベロと舐めまわし、舌先でクリトリスを転がしてきた。

「ああッ、い、いけません、わたしは、紀之さんの……」

「こんなに濡らしておきながら、今さらなにを言ってるんだ」

義父の舌は驚くほど器用に蠢《うごめ》き、膣口にヌルリと入りこんでくる。ゆっくりと出たり入ったりを繰り返し、甘い刺激を送りこまれてしまう。巧みな舌使いに成熟した女体は敏感に反応して、新たな華蜜の分泌をうながされた。

「あッ……あッ……」

唇が半開きになり、切れぎれの喘ぎ声が溢れだす。こらえようと思っても、下腹部が勝手に波打っている。いやらしい吐息をとめることはできなかった。

「ほら、また濡れてきたぞ」

久志のくぐもった声が羞恥心を刺激して、なおのこと感度が高まっていく。膣口を舐めまわされるたび、内腿に小刻みな震えが走り抜けた。

「はンンっ、い、いやっ、もういやです」

「でも、こっちは悦んでるじゃないか」

肉芽に吸いつかれて、舌先でやさしく転がされる。同時に内腿や恥丘を、指先でさわさわと撫でまわされた。

「はあぁッ、そ、そんなにされたら……」

身をよじって抵抗するが、手首に巻きついたベルトは解けない。自由を奪われた状態で、股間をしつこくしゃぶられた。

「そんなにされたら、どうなるんだ？」

ぷっくり膨らんだ肉芽を、舌先で小突かれる。微弱電流のような刺激がひろがり、嫌でも全身の神経が高揚した。

「い……いやです、あうッ、ほ、本当にやめてください」

「気持ちいいの間違いだろう。こら、こうすると……」

久志が再び膣口に尖らせた舌をねじこんでくる。なかに溜まっていた華蜜がクチュッと溢れて、尻の穴まで濡れるのがわかった。

「ああッ、わ、わたしたち、親子なんですよ」

「血は繋《つな》がってないから大丈夫だ」

「そんな、ひどいです……あッ、ああッ」

まさか義父に悪戯されるなんて信じられない。しかも、これほどねちっこく執拗に責められるなんて……。

　これでもかと股間を舐めしゃぶられて、息が絶えだえになるほど喘ぎ声を絞り取られる。嫌でたまらないのに、いつしか尻が絨毯から浮きあがり、全身がブルブルと震えはじめた。

「これがいいんだな」

　膣口に挿入された舌をピストンされながら、鼻先でクリトリスを刺激される。すると、鮮烈な感覚が湧きあがった。

「あああッ、ダ、ダメっ、ダメです」

　もう自分を誤魔化せない。義父に舐められて感じている。こらえきれない快感が湧きあがり、今にも昇り詰めそうになっていた。

「そ、それ以上されたら……あッ、あッ」

　そのとき、義父の口がすっと離れて、膨れあがっていた快感が遠ざかった。

「あぁっ……」

　思わず不満げな声が漏れてしまう。絶頂に達する寸前で、おあずけを食らわされた格好だ。自分の意思とは裏腹に、割れ目からは愛蜜が大量に流れ出していた。

「なんだ物欲しそうな顔をして」

「そ、そんなこと……」

「里美さんが、こんなにいやらしい嫁だったとは驚きだよ」

久志は服を脱ぎ捨てて全裸になった。

若い頃は野球に熱中したと聞いていたが、確かに年の割に筋肉質でがっしりしていた。しかし、今はそんなことより、股間からそそり勃つペニスに視線を惹きつけられてしまう。

（や、やだ……こんなに……）

義父の逸物を目にしただけでもショックなのに、その圧倒的な大きさに言葉を失った。太さも長さも強烈で、まるで年輪を刻んだ大木のような迫力に満ちている。亀頭がぶっくりと膨らみ、カリが鋭く張りだしているのも不気味すぎた。

「わたしも我慢できなくなってたところだ」

久志は正常位の体勢で覆い被さってくると、強い力で巨大なペニスの裏側を陰唇にあてがってくる。そして、愛蜜のヌメリを利用して、ヌルリヌルリと滑らせてきた。

「ヒッ、ダ、ダメっ、ああッ、ダメですっ」

義父のペニスを今にも挿入されそうになりながら、甘い摩擦感に酔っている。いけないと思っても、媚《こ》びるように腰を振りたててしまう。濡れた瞳で見あげて抗いの言葉を繰り返しながらも、肉体はさらなる刺激を求めていた。

「お、お願いです……紀之さんを裏切れません」

「あいつなら、遅くなるから心配ない」

なにを言っても聞く耳を持ってもらえない。そして、ついに亀頭の先端が膣口にあてがわれた。

「ひっ、ま、待ってください、それだけは……」

「いくぞ……うぬううッ！」

低い声で囁くと、久志は目を剝きながら腰を押し進めてくる。陰唇が内側に押し開かれて、巨大な肉の実が沈みこんだ。

「あああッ、いやっ、は、入っちゃ……あああッ！」

膣口が大きくひろがり、息が詰まりそうな衝撃に襲われる。これほど太いペニスを受け入れるのは初めてだ。困惑して首を振るが、義父はどんどん媚肉のなかに入りこんできた。

「これが里美さんの……おおおッ」

「ダ、ダメっ、それ以上は、あううッ」

背中で縛られた両手を握り締めて、未知の衝撃に耐えようとする。しかし、鋭角的に張りだしたカリで、膣壁をゴリゴリ擦られる感覚は凄まじい。たまらず絨毯の上を這いあがって逃げようとするが、肩を摑まれて根元まで押しこまれた。

「はああッ、ふ、深いっ」

ズンッと突きあげられて、内臓全体が押しあげられたような衝撃に襲われる。義父の長大な肉柱は、夫では届かなかった子宮口をやすやすと圧迫していた。

「ううっ……ぜ、全部入ったよ」

久志は上擦った声でつぶやくと、シャツのボタンを毟《むし》り取る勢いで外していく。そして、純白のブラジャーをずらして、量感のある乳房を露出させた。

「綺麗なおっぱいだ」

「そ、そんな……もう許してください」

無駄だとわかっていても、懇願せずにはいられない。里美の胸にあるのは、夫を裏切りたくないという思いだけだった。

(紀之さん、ごめんなさい……わたし、お義父さんに……)

愛する人の顔を思い浮かべて謝罪する。まさか義父とこんなことになるとは思いもしなかった。

里美の苦悩も知らずに、久志は太幹を根元までねじこんだ状態で、乳房をこってりと揉みしだいてきた。

「ンっ、いや、ンンっ」

「おおっ、柔らかい、柔らかいぞぉっ」

柔肉の感触を楽しむように指を食いこませては、先端で揺れる乳首を摘みあげてくる。それと同時に男根をゆったりと抽送されて、瞬《また》く間に快感が膨れあがった。

「あッ……あッ……う、動いたら……」

「気持ちいいんだろう？　里美さんも楽しんだらいい」

「こんなこと……あああッ」

認めるわけにはいかない。身体は奪われてしまったけれど、心まで夫を裏切ることはできなかった。

「乳首をこんなに勃たせているくせに」

久志は腰を使いながら、背中を丸めて乳首に吸いついてくる。尖り勃った敏感な突起に舌を這わせて、唾液を塗りこむように舐めまわしてきた。

「ひあッ、それ、いやです」

「そうか、これがいいのか」

双つの乳首を交互に舐められ、蓄積された官能の疼《うず》きをほぐすように、さらなるピストンで責められる。快感は瞬く間に大きくなり、全身が熱く火照りだす。頭のなかまで灼《や》け爛《ただ》れたようになり、もうなにも考えられなくなった。

「あッ、あッ、ダ、ダメっ、ああッ、ダメっ」

「ぬううッ、これはすごいっ、おおおッ」

膣道の収縮に耐えきれず、久志が呻き声を迸《ほとばし》らせた。

「さ、里美さんのなかに……ぬおおおッ」

「ああッ、なかはダメです、あああッ、許してくださいっ」

それだけは阻止しようと必死に懇願する。しかし、欲望にまみれた義父の耳には届かない。まるでブレーキが壊れた暴走機関車のように、ピストンスピードはどこまでもアップしていく。

「おおおッ、も、もう……おおおおッ」

久志が激しく腰を打ちつけてくる。巨大な男根を膣の奥まで埋めこまれて、子宮口を力強く突きあげられた。

「ああッ、ああッ、ダ、ダメっ、はあああッ」

「で、出るっ、おおおおッ、出るぞっ、ぬおおおおおおッ！」

根元まで埋めこまれた男根がビクビクと跳ねあがった。灼熱《しゃくねつ》の粘液が勢いよく噴きだして、敏感な膣粘膜が灼きつくされていく。

「ひああああッ、い、いやぁっ、あああッ、あぁあああああああッ！」

大量のザーメンを注がれながら、里美もどす黒い快楽のうねりに呑みこまれた。

久志が上半身を伏せて、強引に唇を奪ってくる。もう抵抗する気力もなく、口内をヌメヌメと舐めまわされた。

（あなた……許してください……）

心のなかで夫に謝罪すると、目尻から大粒の涙が溢れだす。

義父は腰をねちっこく使いつづけて、半分萎《な》えかけたペニスをいつまでも抽送させていた。

第二章　背徳のバスルーム

1

一睡もできないまま朝を迎えた。

カーテン越しに、日の光が差しこんでくる。

隣では紀之が寝息を立てていた。幸せそうな寝顔を見ていると、ますます申し訳ない気持ちが膨れあがった。

夫が深夜に帰ってきたとき、とっさに寝ている振りをした。とてもではないが、合わせる顔がなかった。直前まで打ち明けるかどうか迷っていたのに、いざ夫を前にするとあっさり断念した。

(言えない……)

寝返りを打って夫に背中を向ける。

義父に犯されたなどと話せるはずがない。紀之は父親思いで、体調をいつも気にかけていた。親子の関係を壊すようなことはできなかった。

そもそも、元はと言えば自分に責任がある。

普段は温厚な久志を興奮させてしまったのは、里美の浅はかな行動が原因だ。紀之に相談するのなら、挑発的な行為の内容まで説明しなければならない。愚かだったと自覚しているからこそ、打ち明けることはできなかった。

義父にされたことが、昨夜から頭のなかで延々と繰り返されている。

ベルトで後ろ手に縛られて、股間を執拗に舐めしゃぶられた。心とは裏腹に身体は感じてしまい、恥ずかしいほどに愛蜜を垂れ流した。さらに、大きなペニスで犯されて、オルガスムスに追いあげられてしまった。

（わたし……どうして、あんなに……）

夫以外の男根で感じるなんて信じられない。最終的に大量の精液を膣内に注ぎこまれて、背徳的な快楽に狂わされてしまった。

ただ犯されただけではなく、快楽に溺《おぼ》れたという事実が里美を苦しめていた。

夫を愛している。それは義父に犯された今でも変わっていない。紀之も愛してくれていると思う。でも、穢《けが》されたと知ったらどうなるだろう。もしかしたら、離婚を切りだされるのではないか……。

このことは絶対、紀之に知られてはならない。それは夫のためでもあり、自分のためでもある。これまでの生活を守るためには、何事もなかったように過ごすしかなかった。

(でも、お義父《とう》さんは……)

いったい、久志はどうするつもりなのだろう。

昨夜は欲望を吐きだした後、里美を縛っていたベルトを無言で解き、書斎に引っこんでしまった。

できれば顔を合わせたくないが、そういうわけにもいかない。

枕もとの時計は、もうすぐ六時になろうとしている。里美は逃げだしたい気持ちを抑えこみ、夫を起こさないように注意してベッドから抜けだした。

「紀之さん、気をつけてね」

里美が満面の笑みで手を振ると、紀之は玄関のドアノブを握って振り返った。

「里美……」

今朝も濃紺のスーツでビシッと決めている。いかにもできる男といった感じが漂っていた。

「なあに?」

あくまでも笑顔を保ち、微かに首を傾《かし》げる。

「なにかあった？」

紀之が言いにくそうに尋ねてくる。確信があるわけではなく、なんとなく感じただけのようだ。

「なにかって？」

頬が引きつりそうになるのをこらえながら聞き返す。すると、紀之はドアノブから手を離して体をこちらに向けた。

「隠してることでもあるんじゃないか」

真顔で言われて、思わず後ずさりしそうになる。懸命にこらえるが、笑顔を保っているのがつらくなってきた。

「朝ご飯もやけに豪華だったよね」

紀之は探るような目つきになっている。

確かに朝食はいつもより少々見栄《みば》えがよかった。後ろめたさの裏返しで、ついつい作りすぎてしまったのだ。

「あ、あの……」

言いわけを考えていたとき、紀之がふっと笑みを漏らす。そして、いきなり顔を近づけてきた。

「なにか欲しい物があるんだろう？」

「……え？」

「豪華なご飯を出したり、にこにこ笑いかけてきたり、里美はわかりやすいなぁ」

どうやら勘違いしているらしい。真実とはまったく異なるが、この際なので紀之の言葉に乗っかることにした。

「わ、わかっちゃった？」

「夫婦だからね。あ、もうこんな時間だ。帰ったら詳しく聞くから……じゃあっ」

腕時計を見ると、慌てて玄関から飛びだしていく。里美は最後まで笑顔を崩さず見送った。

夫がいなくなり、張り詰めていた気が抜ける。その場に座りこみそうになるが、まだ安心している場合ではなかった。

内心身構えながら、恐るおそる廊下を戻る。

小さく深呼吸をしてからリビングのドアを開けると、義父は食卓の椅子に座って朝刊をひろげていた。

いつもなら書斎に戻り、税理士の仕事に取りかかっているはずだ。それなのに今朝は、やけにじっくり新聞を読んでいた。

（まさか……また、なにかするつもりで……）

恐ろしいけれど、避けつづけることはできない。里美は平静を装いながら、洗い物をするためキッチンに入った。

食事中、久志はいつもと変わらない様子でしゃべっていた。しかし、里美には一度も視線を向けなかった。昨夜のことを意識していたのは間違いない。なにしろ、息子の嫁を縛りあげて犯したのだ。気にしないはずがなかった。

（い、いや……）

足もとから震えが這いあがってくる。

またしても、昨夜の恐怖と屈辱を思いだしていた。そして、魂《たましい》まで揺さぶられるような背徳的な快感も……。

里美は対面キッチンのカウンター越しに義父の様子を気にしながら、スポンジで皿を洗っていた。

もし、こちらに向かってきたらどうしよう。エプロンのポケットには携帯電話が入っている。「夫に電話をします」と言えば、やめてくれるだろうか。それとも、本当は電話できないことを見抜かれて、強引な手段に出るのか。

考えたところで、どうすればいいのかわからない。そのとき、義父が新聞を畳んで立ちあがった。

「ひっ……」

椅子のガタッという音を聞いただけで震えあがり、思わずスポンジを強く握り締めていた。

立ちあがった久志は、静かにリビングから出ていった。

書斎に戻って税理士の仕事をするのだろう。いつもどおりの行動だが、なにか釈然としなかった。

里美はキッチンに呆然《ぼうぜん》と立ち尽くしていた。

義父の考えていることが、今ひとつわからない。昨夜のことを反省しているのか、それともなにかを企《たくら》んでいるのか、皆目見当がつかなかった。

(お義父さんを信じたい……信じたいけど……)

下唇をキュッと噛み締める。

昨夜の人が変わったような姿を思いだすと、安心できなかった。急に戻ってきて押し倒されるのではないか。どうしても、そんなことばかり考えてしまう。

里美は洗い物を中断すると、エプロンを外して出かける準備をはじめた。

義父と二人きりになりたくない。洗濯も掃除も後まわしにして、買い物袋を片手に家を飛びだした。

2

里美は昼過ぎに帰宅すると、食事の支度もせず寝室に籠《こ》もった。

なにも手につかず、夕方まで泣いてばかりいた。とにかく、久志と顔を合わせたくなかった。自己嫌悪に陥《おちい》ってめそめそ過ごしているうち、いつの間にか泣き疲れて浅い眠りに落ちていた。

目が覚めると夕方だった。オレンジ色の夕日が差しこむ寝室でぼんやり座っていると、夫から電話がかかってきた。

——今夜は早く帰れるよ。

そのひと言を聞いた瞬間、心に花が咲いたように元気になった。それと同時に、晩ご飯の支度をしていないことに気づき、急いで一階におりて準備をはじめた。

ちょうど料理ができたとき、タイミングよく紀之が帰ってきた。

夫婦揃って夕食を摂るのは、ずいぶん久しぶりな気がする。実際は三日ぶりなのだが、何週間も経っているような感覚だった。

とにかく、紀之と過ごせるのが嬉しかったし、なにより義父と二人きりの時間を回避できてほっとした。

久志は口数こそ少なかったが、いつもと変わった様子はなかった。食事が終わると仕事があると言って、すぐに書斎に引きあげた。

里美と紀之は早めに休むことにして、順番に風呂に入った。そして今、寝室で二人きりになったところだ。

「それで、なにが欲しいんだい？」

ベッドで横になると、紀之がにこやかに尋ねてきた。

今夜は早く帰宅できたので、いつもより元気だった。サイドテーブルに置いてあるスタンドが、寝室をぼんやりと照らしている。淡い光のなかで、ブルーのパジャマを着た紀之がやさしく微笑んでいた。

「ううん、欲しい物はないの」

里美はこみあげてくるものをこらえて笑顔を取り繕った。

夫が朝の会話を覚えてくれていた。まったくの的外れだが、気に掛けてくれるのが涙ぐむほど嬉しかった。

二人して横向きになり、至近距離で見つめ合っている。

里美が着ているのは、夫とお揃いのピンクのパジャマだ。こうして、夫婦でゆっくり言葉を交わす時間が愛おしかった。

「欲しい物があるなら、遠慮しなくていいんだよ。里美はすぐ我慢するからな」

紀之に言われて、里美はそっと睫毛《まつげ》を伏せた。

「本当にないの……」

欲しい物などなにもない。紀之がいればそれでいい。できれば胸に飛びこみたいが、穢れてしまった自分には、もうその資格がないように思えた。

「里美……」

紀之がそっと身を寄せてくる。瞳を開くと、息がかかるほど顔が近づいていた。

「なにも隠してないよね？」

やけに真剣な眼差《まなざ》しだった。

普段は鈍感だが、たまに妙に鋭いときがある。妻の身に異変があったことに、薄々勘づいているのかもしれなかった。

「紀之さん……」

胸が苦しくなる。黙っているのは心苦しい。すべてを打ち明けたいが、それはできなかった。

父親が嫁を犯したと知ったら、紀之が嘆《なげ》き悲しむのはわかりきっている。里美自身も穢されたことを知られたくない。夫婦の生活を守っていくためには、なんとしても隠し通すしかなかった。

「隠し事なんてないわ」

「本当に？」

「ど、どうして、そんなこと聞くの？」

無理をして微笑んだ。夫の前で思い詰めた顔はできなかった。

すると、紀之の手がパジャマの肩にまわされる。そのまま抱き寄せられそうになり、反射的に体を突っ張らせた。

「んっ……」

「里美？」

紀之が怪訝《けげん》そうな顔をする。

触れられた瞬間、義父のことを思いだしてしまった。

無理やり抱かれて、しかも女の悦びに溺れた。自分のはしたない喘ぎ声が耳の奥に残っている。愛する人に触れられることを望んでいたのに、皮肉にも凌辱の暗い記憶が呼び覚まされるなんて……。

これは罰なのかもしれない。義父を拒絶できなかった里美にくだされた罰だ。

（どうしよう……紀之さんに抱かれるわけには……）

里美は夫の胸板に手のひらを添えた。

その気があるときは睫毛を伏せて口づけを待つ仕草、都合が悪いときは胸板に手のひらを押し当てる。これが、自然にできあがった二人の間のルールだった。

こうやって拒む素振りを見せれば、心やさしい紀之が無理やり求めてくることはない。里美の気持ちを無視して性欲を満たそうとしたり、手や口を使って射精の手伝いをさせるようなこともなかった。

ところが、この夜は違った。

なぜか紀之は肩にかけた手から力を抜かない。それどころか、強引に抱き寄せられて、頬が胸板に押し当てられた。

「あっ……」

無意識のうちに身を硬くする。穢れた身体に触れさせるのは申し訳ない。夫まで穢れてしまうような気がした。

「きょ、今日は……」

「たまに早く帰ってこられたんだ。いいだろう？」

やはり紀之は引こうとしない。こんなことは初めてだった。

「今夜の里美は、なんだかすごく魅力的だよ」

耳もとで情熱的に囁かれて、強く抱き締められる。柔らかな夫の匂いが、鼻腔にすっと流れこんできた。

「の、紀之さん……」

「どうしてもしたいんだ」

淡泊な紀之が、これほど欲望をストレートに口にするのは珍しいことだった。まるで強張《こわば》った女体の緊張をほぐそうとするように、パジャマの背中をやさしく撫でてきた。

里美は戸惑うばかりで、どうすればいいのかわからなかった。

もしかしたら、里美の異変を感じて慰《なぐさ》めようとしているのだろうか。そうだとすると、頑《かたく》なに抵抗するのも悪い気がする。それとも、無意識のうちに里美自身が慰めてもらいたいオーラを漂わせているのか……。

ぐるぐると思考を巡らせながら、ただ黙って夫の胸に抱かれていた。

「あっ……」

背中を撫でていた夫の手が、そろそろと胸もとに移動してくる。パジャマの上から乳房を撫でられて、思わず小さな声が溢れだした。

「はンっ……ど、どうしたの？」

「里美があんまり色っぽいから」

そうつぶやく紀之の鼻息が、いつになく荒かった。

壊れ物を扱うように、乳房の丸みに沿って慎重に手のひらを這わせてくる。もどかしいほどにやさしい愛撫には、夫の愛情がこめられていた。女性の扱いは慣れていないが、温かい気持ちが伝わってくる。触れられている乳房が、いつしかじんわりと熱を持っていた。

「ンっ、ダメ……ンンっ」

寝るときはブラジャーを着けていないので、ときおり乳首が擦れて甘い痺れが走り抜ける。そのたびに喘ぎ声が漏れそうになり、下唇を小さく嚙み締めた。

（ヤンっ、擦れてるわ）

布地越しでも、双つの乳首が敏感に反応する。左右の乳房を念入りに撫でまわされたことで、ぷっくりと尖り勃《た》つのがわかった。心臓の鼓動に合わせて、ジンジンと疼きはじめていた。

「ま、待って」

やはり、今、紀之に抱かれるのは抵抗がある。とはいえ、やんわりと拒む方法が思いつかなかった。

「久しぶりなんだ、もうとめられないよ」

紀之が股間を突きだしてくる。すでに硬くなっているペニスが、里美の下腹部に押し当てられた。

「あっ……もうこんなに……」

昨夜のことが頭から消えることはないが、夫がこうして硬くしてくれるのは嬉しかった。

（でも、もう少し早かったら……）

ふと余計な考えが脳裏をよぎり、芽生えかけた温かい気持ちに水を差す。

満たされていたら、義父を挑発するような行動はとらなかった。もちろん、夫に責任はないが、もっと早く抱いてくれていたらと頭の片隅で思ってしまう。

そんな里美の思いが紀之に伝わるはずもなく、パジャマのボタンが慌ただしく外されていく。前を開かれて、たっぷりとした乳房をスタンドの光が照らしだした。

「さ、里美っ」

紀之は低く呻きながら、乳房に顔を埋めてくる。柔肉を両手で揉みつつ、ピンクの乳首にしゃぶりついた。

「あンっ、やっぱりダメよ……ああっ」

反射的に拒絶の言葉をつぶやき、紀之の肩を押し返そうとする。

ところが、乳房を愛撫されるうちに吐息が漏れてしまう。昨夜は義父にしゃぶられた乳首を、今夜は夫に舐められている。胸のうちを罪悪感が埋め尽くすが、成熟した女体は確実に感じはじめていた。

「あっ……ああっ」

さらにパジャマのズボンをおろされて、淡いピンクのパンティもあっさり剝《は》ぎ取られる。飴《あめ》色の光のなかで、恥丘に生い茂る秘毛が露わになった。

せた。

「いや……」

パジャマの上は大きくはだけており、下半身は裸になっている。いくら夫が相手でも、羞恥心が消えることはない。内腿をぴっちり閉じると、パジャマの前を掻き合わせた。

「も、もう我慢できないよ」

里美の恥じらう仕草が、逆に刺激になったらしい。紀之は唸《うな》るようにつぶやき、パジャマを脱ぎ捨てて全裸になると、いきなり里美に覆い被さってきた。

「ま、待って、紀之さん」

下肢をこじ開けられて、すぐに男根を陰唇に押しつけられる。乳房への愛撫で濡れてはいるが、さすがに唐突感は否《いな》めない。ところが戸惑う里美を無視して、夫はペニスを押しこんできた。

「あああっ、は、入っちゃう、はああっ！」

「くおっ、さ、里美ぃっ」

紀之は一気に根元まで挿入すると、さっそく腰を振りはじめる。すでに興奮状態で甘い言葉をかける余裕もないのだろう。顔を真っ赤にして鼻息を荒らげながら、ペニスを抽送させてきた。

「おっ……おおっ！」

「そ、そんな、いきなり……はンンっ」

夫と交わるのは久しぶりだ。慣れ親しんだ男根が膣内で動くたび、愛する人とひとつになったという実感が押し寄せてくる。胸の奥が熱くなり、思わず涙ぐみそうになってしまう。

「あっ……あっ……やっと……」

壊れるくらい突いてほしい。なにも考えられなくなるまで乱れて、昨夜の過《あやま》ちを忘れさせてほしかった。

「お、お願い……ああっ」

「ううっ、き、気持ちいいっ」

里美の控えめな喘ぎ声と、紀之の今にも果てそうな呻き声が、夫婦の閨房《けいぼう》に響き渡る。視線を交わしているだけで、悦びが大きくなるような気がした。

(もっと……ああっ、もっと突いてっ)

はしたない願望を口に出すことはできないが、本当はめちゃくちゃに突きまくってほしかった。

「あンンっ、ね、ねえ……」

「くおっ……うむむっ」

紀之の赤く染まった顔が苦しげに歪む。その直後、ペニスを根元まで挿入した状態で、腰をビクビクと震わせた。

「おおおッ、さ、里美っ、おううううッ！」

突然の終焉《しゅうえん》だった。紀之が呻き声をあげたと思ったら、膣の奥に生温かい精液を注がれる。男根は欲望を放出すると、瞬く間に膣のなかで萎《しぼ》んでいった。

（あ……）

落胆の声が漏れそうになり、ぎりぎりのところで呑みこんだ。

あまりにも早急で拍子抜けしてしまう。絶頂の兆《きざ》しすら見えていなかったが、それを言葉にするのは憚《はばか》られた。

「ふぅっ……最高だったよ」

紀之はペニスを引き抜くと、隣にごろりと寝転んだ。四肢を投げだして、満足げな顔を向けてくる。里美も満たされたと思いこんでいるようだった。

「今夜はずいぶん乱れてたね」

「え？　そ、そんなこと……」

そう言われてみると、感度があがっていたような気がする。愛する人に抱かれている、という気持ちが強かったからだろうか。

「ずっと、そばにいてくれよ……」

紀之の声が小さくなる。語尾はほとんど聞き取れなかった。

射精したことで睡魔が襲ってきたらしい。日頃の疲れもあるのか、そうそうに寝息をたてはじめた。

「……寝ちゃったの？」

何度か指先で頬に触れたり、胸板をなぞったりしてみるが、紀之はまったく反応してくれない。ただ眠りに落ちる寸前の言葉だけが、頭のなかでリピートしていた。

――ずっと、そばにいてくれよ。

鼻の奥がツンとなったと思ったら、瞬く間に大粒の涙が溢れだす。右手で口を覆って、なんとか声をあげるのだけはこらえた。

（どうして……わたし……）

これまで、夫に抱かれて満足できないことなどなかった。だから、紀之も安心しきって、気持ちよさそうに寝ていられるのだろう。

「うっ、うぅぅっ……」

愛する夫の顔が涙で見えない。

久しぶりの夫との交わりだったのに、待ち望んだ行為だったのに、昇り詰めることができなかった。いや、そのことを心のなかで不満に思っている自分がショックだった。

（お義父さんとは、あんなに……）

昨夜は激しく燃えあがり、凄まじい絶頂に追いあげられた。それなのに、どうして今夜は不完全燃焼なのだろう。

（ああっ、いや……）

思わず自分の身体を抱き締める。

中途半端に火をつけられた裸体は、まだ熱く火照っている。無意識のうちに内腿を擦り合わせると、股間の奥でクチュッという蜜音が響いた。

自分の腕で押さえつけられた乳房が疼いている。乳首も物欲しげに硬く尖り勃ったままだった。

いずれにせよ、この状態では眠ることができない。里美は躊躇しながらも、両手で乳房をそっと揉みあげてみる。途端に蕩《とろ》けそうな快感がひろがり、思わず溜め息が溢れだした。

「はぁぁンっ」

夫に聞かれてはいけないと、下唇を小さく嚙み締める。

やめなければと思うが、身体は快楽を求めていた。燻《くすぶ》りつづける官能の火を消す方法は、昇り詰める以外に考えられなかった。

（隣に紀之さんがいるのに……）

右手をそろそろと股間に伸ばしていく。中指で恥丘の中心部を撫でると、内腿の狭《はざ》間《ま》に埋めこんだ。

「ンンっ！」

縦溝をそっとなぞり、愛蜜にまみれたクリトリスに到達する。快感電流がひろがるのを楽しみながら、指の腹でグニグニと転がした。

（あああっ、痺れる……ここ、痺れちゃう）

腰が小刻みに震えて、脚が勝手に開いていく。膝を立てた状態で、これ以上は無理というくらいに開脚した。

中指と親指で勃起した肉芽を摘み、軽く押し潰したりもする。すると、腰がビクッと跳ねあがり、ベッドのマットレスが大きく揺れた。

「ううん……里美ぃ」

紀之がつぶやき、口をむにゃむにゃさせている。心臓がすくみあがるが、目を開けることはなかった。単なる寝言らしい。疲労が蓄積しているので、日頃から一度寝ると簡単には目を覚まさなかった。

（あなた、ごめんなさい……）

里美は左手で乳首を摘みあげると、右手の中指を膣口に沈みこませた。

「はンンっ……ンふぅぅっ」

なかに溜まっていた夫の精液が、グチュウッと粘り気のある音を響かせる。

ゆっくりと挿入していくが、なにかが物足りない。もっと太いものがほしくて、薬指も添えて二本にする。さすがに太くて声が漏れそうになるが、息をとめてこらえながら根元まで埋めこんだ。

「ううっ、くンンっ……うはぁっ」

指の動きをとめて、静かに息を吐きだした。

（あうっ、太い……）

指を二本も挿《い》れてしまったのは、義父の太いペニスを挿入された影響があると思った。あの悪夢のような記憶が、肉体に深く刻みこまれていた。

（思いだしたくないのに……ああっ）

二本の指をズブズブと抜き差しする。すると、昨夜の快感がよみがえり、尻がシーツから浮きあがった。

「ンっ……ンンっ」

くぐもった呻き声を漏らしながら膣内を掻きまわす。脚を限界まで開いて、自分の指をピストンさせる。はしたないことをしていると思えば思うほど、どす黒い快感が膨れあがってやめられなかった。

（か、感じる……ああぁっ、感じちゃうっ）

夫の寝顔を横目で見やり、指の動きを加速させた。

義父に犯されているような気持ちが膨れあがって、瞬時に頭のなかが真っ白になってしまう。極太ペニスの感触が忘れられない。夫とはまったく異なる圧倒的な迫力に満ちていた。

(い、いやっ、ああっ、お義父さん、やめてください……)

心のなかで懇願するが、指を抜こうとは思わない。愛蜜が次から次へと溢れだし、ポタポタとシーツに滴《したた》った。

「はンっ……むふっ……あンンっ」

今にも声が漏れてしまいそうだ。もし夫が目を覚ましたら軽蔑されてしまう。危険と背中合わせのオナニーが、これまでにない快感を生み出していた。

(ああっ、許して、紀之さん……あああっ、もうダメぇっ)

心のなかで謝罪の言葉を繰り返し、指を深く抉《えぐ》りこませる。そして、膣襞を抉るように、二本の指を鉤《かぎ》状に折り曲げた。

「ひむうぅッ!」

股間を思いきり突きあげる。鮮烈な快感がひろがり、平らな下腹部がビクンッ、ビクンッと波打った。

(あああッ、も、もうっ、はああっ、いいっ、あぁあああっ!)

アクメの波が押し寄せて、仰け反るほどの快感に包まれた。腰が二度、三度と跳ねあがり、全身の筋肉が引きつったように硬直する。数秒後、一気に脱力してシーツの上に崩れ落ちた。

まだ全身がじっとり汗ばんでいる。

頭の芯まで痺れきっており、虚《うつ》ろな瞳で宙を見つめていた。

オナニーで昇り詰めたが、心のなかには罪悪感が居座っている。欲望は満たされたが、胸には寂寥《せきりょう》感がひろがっていた。

夫とのセックスで満足できなくて、自慰行為に耽ってしまった。しかも、脳裏に思い浮かべたのは、愛する夫の顔ではなかった。

(わたし……どうなってしまったの？)

自分の気持ちがわからない。

心では夫のことだけを想いつづけている。それなのに、肉体は義父の男根を忘れられなくなっていた。

頭のなかが混乱している。熱いシャワーを浴びて、身も心もすっきりしたい。里美はベッドから抜けだすと、眠っている紀之を残してバスルームに向かった。

3

里美は降り注ぐシャワーのなかで顔を上向かせていた。

濡れた黒髪を背中に垂らし、ただ打たれるままになっている。次々と落ちてくる無数の湯の粒が、瑞々《みずみず》しい肌を叩いては弾《はじ》けていく。

シャワーヘッドを壁のフックにかけて、しばらくじっとしていた。

熱めの湯が、汗と情事の匂いを洗い流す。しかし、胸の奥にある罪悪感までは、消すことができなかった。

首筋から乳房にかけて、熱いシャワーが降り注ぐ。たわわな柔肉が湯に打たれて血行がよくなり、乳輪と乳首のピンクが鮮やかさを増していた。

(どうして、あんなことを……)

ようやく冷静さが戻ってくる。濡れた右手の指を見おろすと、自慰行為に耽ってしまった後悔がこみあげた。

いつから、こんな淫らな女になってしまったのだろう。

これまでは紀之に抱き締められるだけで満たされていた。それなのに、久しぶりにひとつになったというのに、二十八歳の女体は疼くばかりで満足できなかった。

（こんなの、わたしじゃない……）

淫らな自分を認めたくない。思わず溜め息を漏らしたとき、いきなりバスルームのドアが開いた。

「えっ……な、なに？」

驚いて背後に視線を向けると、久志が浴室に入ってくるところだった。信じられないことに全裸で、ペニスをそそり勃たせている。異様に目をギラつかせて、里美の背中から尻にかけてを舐めるように見つめてきた。

「お、お義父さん？」

慌てて乳房と股間を手で覆い、壁を向いて背中を丸める。ヒップが剝きだしだが、隠す術《すべ》はなかった。

「で、出ていってください」

震える声で言い放つが、義父は聞く耳を持たずにドアを閉めてしまう。熱い視線が肌を這いまわるのを感じて、思わず顔をうつむかせた。

「こんな時間にシャワーかね」

久志は低い声でつぶやき、背後に迫ってくる。そして、カランに手を伸ばすと、勝手にシャワーをとめてしまう。バスルームに不気味な静けさがひろがり、里美はますます肩をすくめて身を硬くした。

「お、起こしてしまったのなら謝ります」

「別にうるさかったわけじゃない」

「ひっ……」

背後から両肩に手を置かれて、思わず裏返った声が溢れだす。

いったい、どういうつもりなのだろう。こんな現場を紀之に見られたら、困るのは義父も同じはずなのに……。

「わたしは、紀之さんの妻です」

里美は意を決して口を開いた。

「昨日みたいなことは、絶対にやめてください」

二度と夫を裏切れない。昨夜は拒みきれなかったが、もう義父の言いなりになるつもりはなかった。ところが、久志はまったく動じる様子がない。それどころか、耳に息が吹きかかるほど顔を近づけてきた。

「満足できなかったんだろう」

いきなり囁かれてドキリとする。思わず言葉を失うと、久志はすかさず畳みかけてきた。

「奥ゆかしい里美さんは、物足りないとは言えないだろうからね」

「な、なにを……おっしゃっているのか……」

「ドアの隙間から見物させてもらったよ。たまたま寝室の前を通りかかったら、里美さんのいやらしい声が聞こえてきたんでね」

信じられないことに寝室を覗いていたという。しかも、まったく悪びれた様子がなかった。

「あ、あんまりです」

里美は顔を熱くしながら非難の視線を向けた。ところが、久志はまったく意に介する素振りもない。それどころか、唇の端には薄笑いすら浮かべていた。

「紀之のはひどかったな。あれじゃあ、里美さんが欲求不満になるはずだ」

「わ……わたしが？」

はっきり言われて、即座に否定できなかった。

「あんな自分勝手なセックスでは満足できないだろう。里美さんがオナニーしてしまうのもわかるよ」

「いやっ、言わないでください……」

里美は思わず首を振りたくる。まさか、自分を慰める姿も見られていたとは、考えただけでも気絶しそうなほどの羞恥だった。

「里美さんがオナニーを見せつけるから、こんなになってしまったじゃないか」

久志が勃起したペニスを、尻たぶに押しつけてくる。人間の体の一部とは思えないほど、硬くて熱くなっていた。

「あっ、い、いやです」

「こいつの責任を取ってもらわないと」

勃起した男根で尻たぶを小突かれて、里美は思わず身をよじった。

昨夜はこの巨大なペニスで、背徳的な絶頂に追いあげられた。あの過ちを繰り返すわけにはいかなかった。

「絶対にいやですっ」

背中を向けた拒絶の姿勢を崩さない。夫以外のペニスは、もう一生受け入れないと決めていた。

「息子に見つかりたくなかったら、大きな声は出さないことだ。起きてくるかもしれないぞ」

「なっ……」

思わず言葉を失って固まった。

まさか義父の口から、そんな卑劣な脅し文句を聞かされるとは思いもしなかった。

頭をハンマーで殴られたようなショックを受けて、思考が停止してしまった。昨日の出来事以来、久志は人が変わってしまったようだった。

「もし見つかったら、もう紀之とはいっしょにいられなくなるぞ。あいつが許すと言

って も、そう簡単にはいかないだろうな」

久志の淡々とした声が、胸に深く突き刺さってくる。

確かにそうかもしれない。義父に犯された記憶は、里美のなかから消えることはないだろう。そして、それを知ってしまったら、紀之も深い嫉妬を抱えたまま生きていくことになる。そんな状態で幸せな家庭を築けるとは思えない。表面上はどんなに取り繕っても、いずれ破綻《はたん》するときが来るのは目に見えていた。

「ひどいです……わ、わたし、どうすれば……」

「簡単なことだ。黙っていればいいんだよ」

耳もとで囁かれて、背筋がサーッと冷たくなった。

結婚生活を守るためには、夫に一生嘘をつきつづけなければならない。果たして、そんなことができるだろうか。

「む、無理です……」

「大丈夫、わたしはしゃべらない。税理士は口が堅くないと務まらないからね」

久志はそう言うと、ボディソープを手にとって泡立てはじめる。そして、シャボンだらけの両手を里美の身体にまわし、乳房にそっと重ねてきた。

「あっ！」

「わたしが洗ってあげよう」

「い、いやです」

反射的に振り払おうとするが、背中に胸板をぴったりと押しつけられる。耳たぶに義父の唇が触れて、それだけで身体から力が抜けそうになった。

「はンっ、け、結構です」

「大きな声を出すと、紀之に聞こえると言ってるだろう」

「そんな……」

言葉で抵抗力を奪われてしまう。

義父は両手で乳房の膨らみを包みこみ、ヌルヌルと撫でまわしてくる。あっという間に泡まみれにされて、乳首も手のひらでやさしく擦られた。

「あっ……」

「乳首が感じるのか？　こんなに硬くして、いやらしい嫁だな」

「やっ……ンンぅっ」

喘ぎ声がバスルームに反響する。里美は慌てて下唇を嚙んで、溢れそうになる声を抑えこむ。しかし、義父は愛撫をますます加速させて、シャボンまみれの乳房を執拗に責めつづける。乳首はますます尖り勃ち、意思に反して感度を増していた。

（ああっ、いやなのに……）

乳房を撫でられて指を食いこまされるたび、鈍い快感がひろがっていく。乳首を摘まれて転がされると、全身に小刻みな震えが走り抜けた。

「あンンっ、い、いやです」

「いやがっているわりには、気持ちよさそうじゃないか」

久志の泡だらけの手のひらが、くびれた腰に移動する。S字のラインを確かめるように、両手でゆっくりと上下に撫でまわしてきた。

「ンンっ……くすぐったいです」

「くすぐったいのがいいんだろう？」

「そ、そんなこと……ひンンっ」

首を振って拒絶の意志を示すがやめてもらえず、脇腹を延々と刺激される。声が漏れそうになるのを必死にこらえていると、不意打ちで乳首をキュッと摘まれた。

「ああっ！」

望まない快感電流が湧き起こり、思わず顎が跳ねあがる。双つの乳首を中心にして、全身へと愉悦がひろがった。

「ほら、声が出てるぞ」

「うぅっ……そ、そんなことされたら……」

涙の滲んだ瞳で振り返ると、義父は好色そうな笑みを浮かべて、尖り勃った乳首をしごきあげてきた。

そうだった。

「人のせいにするんじゃない」

「はううっ、や、やめてください、乳首は……ンンンっ」

これ以上されたら立っていられなくなる。膝が震えはじめて、今にも崩れてしまいそうだった。

「なんだ、もう我慢できなくなったのか？」

久志の手が再び腰に移動する。硬化したペニスが尻の狭間に押し当てられて、ゆったりと上下に動いているのが不気味だった。

「い、いやです……お願いですから、もう許してください」

「両手を壁につくんだ」

里美の懇願は受け入れてもらえない。耳もとで囁きながら腰を摑まれて、後方に突きだす姿勢を強要された。

「あっ……」

仕方なく前屈みになり、言われたとおり両手を壁につく。すると、巨大な亀頭が陰唇にぴとりと密着した。

「ひうッ、い、いや……」

「大きな声を出すなよ」

低い声で忠告した直後、ペニスがゆっくり入りこんでくる。亀頭が陰唇の狭間に沈みこみ、鋭角的なカリが膣壁に食いこんだ。

「はンンッ！」

背筋がビクンッと反り返る。まだ先端が入っただけだというのに、凄まじい衝撃が突き抜けた。

「あううっ……」

懸命に声をこらえて、顔をうつむかせる。しかし、膣壁を擦られると、自然と顎があがってしまう。

「なかもドロドロだな。期待してたんだろう」

蔑《さげす》むような言葉をかけられても、反論する余裕はない。唇を開くと、あられもない嬌声《きょうせい》が迸ってしまいそうだった。

「すぐに奥まで挿れてやるからな……ほうら」

巨大なペニスがじわじわと進んでくる。凄まじい圧迫感に襲われるが、声をあげるわけにはいかなかった。

（紀之さんに知られたら、わたし……）

想像しただけで、涙が溢れだして頬を伝う。

もし紀之が目を覚ましてしまったら、里美を捜してバスルームに来てしまったら、そして、義父と交わっている姿を見られてしまったら……。

とてもではないが耐えられない。紀之との生活は破綻し、別々の道を歩むことになるのは間違いなかった。

「ンンッ……はンンッ」

バスルームの壁に爪を立てて、ペニスをねじこまれる衝撃に耐えている。よがり泣きが喉もとまで湧きあがってくるが、精神力で抑えこんだ。

「そうだ、その調子だ……おううっ」

久志は低い呻き声を漏らしながら、長大な男根を押し進めてくる。やがて、夫では届かなかった場所に到達して、亀頭の先端で子宮口をズンッと圧迫された。

「くンンッ！」

それだけで、頭のなかが真っ白になり、危うく昇り詰めそうになる。ヒップを突きだした情けない格好で、ついに義父のペニスを根元まで挿入されてしまった。

「おおっ、入ったぞ」

腰をぴったり押しつけると、久志は動きをとめて背中に覆い被さってくる。そして、両手で泡まみれの乳房を撫でまわし、耳たぶを甘噛みしてきた。

「あううっ……ダメぇっ」

男根を挿入された状態での愛撫は格別だ。乳房はひとまわり大きく張り詰めて、乳首は血を噴きそうなほど尖り勃っている。そこをやさしく撫でまわされると、膣道が勝手に収縮してしまう。

「くぉっ、嬉しそうに締めつけてくるじゃないか」

「ち、違います……お義父さんが……」

「こういうのが好きなんだろう？」

乳首を摘みながら、男根をさらに押しこまれる。子宮口を強く刺激されて、新たな愛蜜がドクドクと溢れだした。

「はううっ、そ、そこ、ダメです」

たまらず訴えると、久志はわざと奥を圧迫してくる。そうやって、里美が快楽に悶える様を楽しんでいるようだった。義父の長《た》けた性技に翻弄《ほんろう》されていた。

「ンンっ……もうやめてくださいっ、こ、声が出ちゃいます」

「ダメだ、我慢するんだ」

「はううっ……」

懸命に耐えるが、もう理性が蒸発しそうになっている。心では抗っていても、夫のペニスでは味わえない快感が湧きあがっていた。

「奥に当たってるのがわかるか？」

「は……はい……」

掠《かす》れた声で答えると、義父は腰をゆったりとまわしてくる。子宮口を擦りあげられて、下腹部に火をつけられたように熱くなった。

「そ、それ、ダメです、くうううッ」

「ちゃんと答えるんだ。奥がどうなってるんだ?」

「あ、当たってます、奥にグリグリって……あううッ」

もう立っているのもやっとだが、久志に支えられているので倒れることはない。やがて、ペニスが前後に動きだすと、凄まじい快感の波が押し寄せてきた。

「あッ……あッ……も、もう……」

こらえきれない喘ぎ声が溢れだす。

全身の感度が最高潮にアップしている。スローペースの抽送でも、カリで膣壁を擦られると昇り詰めそうになってしまう。膣襞がザワめき、極太のペニスを思いきり締めつけていた。

「くうッ……無理やり犯《や》られるのが好きなんだろう。わかってるんだよ」

「い、苛《いじ》めないでください……はああッ」

立ったまま背後から犯されて、快楽の海に溺れていく。嫌で仕方がないのに、ひと突きごとに狂わされてしまう。頭のなかが真っ赤に染まり、もう絶頂に達することしか考えられなかった。

「ううッ、また締まってきた」

久志も苦しげな呻きを漏らしながら、腰の動きを加速させる。極太ペニスを力強く抜き差しして、とどめとばかりに子宮口を連続して抉りたててきた。

「ああッ、ダメっ、奥ばっかり、ああぁッ」

淫らがましい声がバスルームの壁に反響する。紀之が寝ている二階の寝室まで聞こえるのではないかと気が気でないが、もう声を抑えることはできなかった。

「ぬおおッ、いいぞ、いいぞぉっ」

「ダ、ダメですっ、あああッ、許してくださいっ」

口では抗いながらも、イキたくて仕方がない。無意識のうちに腰をくねらせて、より深く男根を受け入れようとしていた。

「よ、よし、出すぞ……ぬううッ、出すぞぉっ！」

いよいよラストスパートの杭打ちに突入する。凄まじい勢いでペニスが穿《うが》ちこまれて、ついに最深部で白いマグマが放出された。

「はああッ、いやっ、ダメっ、あああッ、イ、イクっ、イッちゃううッ！」

凄まじい快感が突き抜ける。子宮口に煮えたぎったザーメンを浴びて、瞬く間に絶頂へと追いあげられた。

「おおッ、まだ出るぞ、くおおおッ」

「ひいッ、ひああッ、もうダメぇっ、あああッ」

射精は延々とつづき、里美は快楽の頂点から降りられなくなる。わけがわからなくなり、連続でアクメに達しようとしてしまう。夫のセックスとは比べ物にならない、脳髄《のうずい》が灼け爛れるような快感だった。

（こんなの知ってしまったら……紀之さん、許して……）

里美は涙を流して心のなかで謝罪しながら、大胆に腰を振りたくる。極太ペニスを締めつけて、二度目のアクメへと昇り詰めていった。

第三章　弟夫婦の姦計《かんけい》

1

翌朝、里美はことさら明るく振る舞っていた。

バスルームで義父に再び犯されたことを、夫に知られたくない一心だった。気分が落ちこまないように、レモンイエローの長袖《ながそで》カットソーと、鮮やかなスカイブルーのフレアスカートを選んだ。

「なんだか、今朝は楽しそうだね」

紀之が微笑ましい視線を向けてくる。セックスしたことで眠りが深かったのか、すっきりした顔をしていた。

「なにかいいことでもあったのかい？」

前夜、久しぶりに抱いたことで、機嫌がいいと勘違いしたらしい。妻を満足させたと思いこんでいるのだろう。夫のどこか自信ありげな態度が、里美の悲しみを増幅させていた。

「そうかしら、いつもと変わらないわよ」

里美は胸のうちで渦巻く様々な思いを抑えこみ、平静を装って微笑んだ。

(違うの……わたし、あなたを……)

また裏切ってしまった。

深い悲しみに襲われているが、義父にされたことを打ち明けるつもりはない。妻の貞操を疑いもしない夫に向かって、じつはあなたの父親に犯されましたなどと言えるはずがなかった。

快楽に溺れた暗い記憶が、里美を絶え間なく責め立てている。夫とのセックスでは得られない悦びを与えられて、極太のペニスを締めつけた。はしたなく腰を振り、立てつづけに絶頂を味わわされた。

里美を悩ませている張本人である久志は、息子夫婦のやりとりを見て見ぬ振りをしていた。

それでも、意識がこちらに向いているのは間違いない。

朝刊を読んでいるときも、テレビのニュースを見ているときも、朝食を摂っているときも、視界の隅に里美を捕らえている。それなのに、決して視線を合わせようとせず、言葉をかけてくることもなかった。

（なにを……なにを考えているの……）

里美は内心震えあがっていた。

息子の嫁を犯して悦んでいる義父のことが、恐ろしくてならなかった。

里美はこれからどうしていいのかわからなかった。とにかく、紀之にだけは知られたくない。隠すことばかりを考えて、夫の前で必死に笑顔を取り繕っていた。

なにも知らない紀之が出社すると、久志は仕事があるのか意外なことにあっさり書斎に引き籠もった。

二人きりになるのを恐れていたので、里美はほっと胸を撫でおろした。

さっそく溜まっていた家事に取りかかった。洗濯や掃除に没頭することで、頭のなかを空っぽにできた。ある種の現実逃避かもしれない。一時的にでも、義父との過ちを忘れることができた。

しかし、昼が近づいてくると憂鬱《ゆううつ》になってしまう。義父と二人だけで昼食を摂りたくなかった。

食事の準備だけして、買い物に出てしまおうか。そんなことを考えているとき、インターホンのチャイムが鳴った。

壁に取りつけられたモニターを見ると、紀之の弟である健二《けんじ》の妻、北宮瑠璃《るり》の姿が映っていた。里美は縋《すが》るような気持ちで玄関に向かった。

「お義姉《ねえ》さん、お久しぶりです」

玄関ドアを開けると、瑠璃が人懐《ひとなつ》っこそうな笑みを浮かべて立っていた。

「近くまで来たから」

義弟夫婦は歩いて十分ほどの近所に住んでいるので、どうやら買い物帰りに立ち寄ったらしい。右手にスーパーの買い物袋をぶらさげていなかったら、これから遊びに行くと言われても信じてしまう格好だった。

黒のぴっちりしたワンピースに、ボアのついた真紅のダウンコートを羽織り、足もとはブーツで決めている。肩にふんわりとかかっているマロンブラウンのロングヘアが、いかにも奔放な彼女らしかった。

「瑠璃ちゃん、よく来てくれたわね」

里美は笑顔で義妹を迎え入れた。

まず頭に浮かんだのは、これで義父と二人きりの昼食を避けられる、ということだった。

瑠璃は今日のようにときおりふらりとやって来ては、雑談をして帰っていく。少し勝ち気なところもあるが、二十六歳と年齢が近いので話しやすかった。

義弟の健二は二十七歳で、中古車販売会社で営業の仕事をしている。真面目で堅実な紀之とは正反対の開放的な性格だ。いつも明るくて、つねに楽しいことを探しているようなところがあった。夫婦仲は良好で、休日には二人揃って遊びに来ることもあった。

「ちょうどお昼にしようと思ってたところなの」

「あ、そうなの？　じゃあ、また今度にする」

瑠璃が脱ぎかけたブーツを再び履こうとするので、里美は慌てて腕を摑んだ。

「い、いいじゃない。急いでるわけじゃないんでしょう？」

「急いではないけど……」

里美の必死な様子から、なにかを感じ取ったらしい。瑠璃は顔を近づけて、探るような瞳を向けてくる。

「お義姉さん、なんかあったの？」

「な、なにもないわよ……ただ、せっかく来てくれたから、慌てて帰らなくてもと思って……」

懸命に誤魔化すと、彼女はそれ以上詮索せずに頷《うなず》いてくれた。

「じゃあ、ご馳走になっちゃおうかな」

瑠璃は屈託のない笑みを浮かべてブーツを脱ぎ、まるで自分の家のように廊下を歩いていった。

昼食は急遽《きゅうきょ》三人になり、思いのほか賑やかな時間になった。

「お仕事、忙しいんですか？」

フォークにペペロンチーノのパスタを巻きつけながら、瑠璃が義父に向かって話しかける。物怖《ものお》じしない性格なので、相手がむっつりと黙りこんでいてもおかまいなしだった。

「うむ……まあ」

久志が低い声で短く答えた。

会話をひろげる気がないのが丸わかりで、目を合わせようともしない。早く追い返そうとしているのかもしれなかった。ところが、瑠璃はまったく動じることなく笑っていた。

「じゃあ、朝から晩まで部屋に籠もりっきりなんですね。少しは運動したほうがいいですよ……あっ、これおいしい！」

「あ、ありがとう」

突然、話しかけられて、里美はぎこちない笑みを浮かべる。視界の隅に映る、久志の不機嫌そうな顔が気になって仕方がなかった。

「あとで作り方教えてくださいね。そういえば、お義兄《にい》さんは元気？」

瑠璃は次々と話題を変えて、マイペースにしゃべりつづける。話についていくのは大変だが、場が明るくなるのは助かった。

「偉くなったから、忙しいんでしょう？」

「ええ、毎晩ぐったりよ」

里美もできるだけにこやかに答えると、瑠璃は唇の端を微かに吊りあげた。

「そっか……じゃあ、お義姉さん、淋しいんじゃない？」

「べ、別に、そんなことないけど……」

真意がわからず、語尾が小さくなってしまう。夜の生活のことが頭に浮かび、おどおどと視線を逸らしていた。

いったい、久志はどういうつもりで聞いているのだろう。黙々と食事をしているだけで、いっさい会話に加わろうとしなかった。

「残業とかも多いの？」

「今はお仕事が大事なときだから……」

「ふうん……お義兄さんは仕事人間って感じだものね」

瑠璃がひとりごとのようにつぶやき、パスタを口に運ぶ。その口調が批判的にとれて、里美は思わず黙りこんだ。

「でも、働いてる男の人って素敵よね。健二なんて、全然仕事しないんだから」

フォローのつもりなのか、瑠璃は自分の夫のことを持ちだした。

「残業なんてしたことないの。よくクビにならないなと思って」

そんなことを言いながら、からからと笑う。もちろん、本気で呆《あき》れているわけではない。夫婦仲がいいからこそ、軽口が叩けるのだろう。

「でも、健二さんはトップセールスマンなんでしょう？」

中古車販売会社に勤めている健二は、支店で何度も売上トップになっていると聞いている。以前、紀之が「もう少し真面目に働けば支店長になれるのに」と言っていたのを覚えていた。

「トップかどうかは知らないけど、悪くはないみたい」

瑠璃は鼻の頭に皺《しわ》を寄せて、嬉しそうに微笑んだ。やはり、夫のことを褒められると嬉しいらしい。そんな素直な義妹が少し羨《うらや》ましかった。

(きっと、いい奥さんなんだろうな)

彼女なら誰と結婚しても上手くやれるに違いない。明るい家庭を築いて、旦那をしっかり支えていくことができそうだ。

(でも、わたしは……)

果たして、今の自分が夫を支えていると言えるだろうか。義父と禁断の関係を持ち、ひとりで思い悩んでいる。夫に言えない秘密を抱えたことで、徐々に距離が開いていくのを感じていた。

そのとき、メールの着信音が響き渡った。

「あ、ちょっとごめんなさい」

瑠璃が携帯電話を取り出して確認する。画面を見つめながら、微かに口もとをほころばせた。

「健二からだった。晩ご飯のリクエスト、ハンバーグがいいって。ほんと、小学生みたいでしょ？」

「紀之さんも好物よ。やっぱり兄弟ね」

話題をひろげようと思って里美が返すと、瑠璃は椅子から立ちあがった。

「ごちそうさま。じゃ、わたしはそろそろ」

「もう帰るの？」

「ええ、特製ハンバーグを作らないといけないから」

「そ、そう……」

できれば紀之が帰宅するまでいてほしいが、それはできない相談だ。そもそも、定時に帰れることなど滅多にないのだから。

「じゃあね、お義姉さん」

「え、ええ……」

無理に引きとめることもできず、不安に駆られながらも返事をする。これから義父と二人きりになると思うと、頬の筋肉が引きつった。

「お義父《とう》さん、今度は健二といっしょに来ますね」

「うむ、たまには顔を見せるように言っておいてくれ」

久志がようやく笑みを見せた。

邪魔者がいなくなると思って、機嫌を直したのかもしれない。そう思うと、里美はますます不安に駆られて肩をすくませた。

玄関まで瑠璃を見送ってリビングに戻ってくると、義父は食卓からソファに移動していた。

「こっちに来なさい」

妙に穏やかな口調で声をかけられる。里美は目を合わせないようにして、食卓に向かった。

「洗い物がありますので……」

テーブルの上の皿に手を伸ばしたとき、携帯電話が置いてあるのに気がついた。瑠璃が忘れていったのだ。追いかけたほうがいいだろうか。

「里美さん」

思考を遮《さえぎ》るように、再び義父の声が聞こえてくる。決して大きくはないが、腹に響くような低い声だった。

「瑠璃ちゃんが携帯を忘れたので、届けに行ってきます」

忙しい振りを装うが、久志には通用しない。軽く咳払いをされただけで、里美はビクッと肩を震わせた。

「こちらに来なさいと言っている」

抑揚《よくよう》のない声を背中にかけられて、携帯電話をテーブルの上にそっと戻す。義父のかもしだす圧力に逆らうことができなかった。

里美はうつむいたまま、義父が座っているソファの横まで歩いていく。顔を見ることができず、自分の足もとに視線を落としていた。

「なにをボーッと突っ立ってるんだ」

「あっ……」

手首を掴まれてぐいっと引かれる。それだけで、くずおれるように久志の隣に腰をおろした。すかさず肩に手をまわされて、力強く抱き寄せられてしまう。

「やっと二人きりになれたな」

「い、いや、離してください」

立ちあがろうとするが、義父の指が肩に食いこんでくる。絶対に逃がさないといった感じが伝わり、それだけで身も心もすくみあがった。

「あ……洗い物が……」

「そんなもの後まわしでいい。わたしの相手をするのが先だ」

久志は片手で肩を抱き、もう片方の手を里美の顎に添えてきた。そして、顔を近づけてくると、有無を言わせず唇を奪った。

「はむンンっ」

強引にキスされて、舌が唇を割ってくる。口内にヌルリと入りこみ、無遠慮に舐めまわされてしまう。

「あふっ、いや……はンンっ」

奥に引っこめていた舌を絡め取られて、思いきり吸いあげられる。粘膜同士を擦り合わせながら、唾液をたっぷりと啜《すす》り飲まれた。

（お義父さんと、キスするなんて……）

唇を奪われていると、心まで夫を裏切っている気分になる。

そんな里美の心情を見抜いているのか、久志のディープキスは執拗だった。延々と口内を舐めまわしては、舌が抜けそうになるほど吸いまくられる。その直後に唾液を流しこまれて、息苦しさのあまりに嚥下《えんげ》してしまった。

「ンくっ……ンふううっ」

「なんて甘い口なんだ。里美さんは唇も最高だな」

久志はようやくディープキスを解くと、興奮した様子でつぶやいた。そして、カットソーの上から乳房を揉みしだき、ソファの上に押し倒そうとする。

「あっ……ま、待ってください」

里美はとっさに義父の胸板に両手をあてがった。倒されまいと両手を突っ張り、必死の抵抗を試みた。

「お、お願いです、もう許してください」

「今さらなにを言いだすんだ。昨夜はあんなに悦んでたじゃないか」

「あ、あれは、お義父さんが無理やり……」

バスルームで犯された記憶がよみがえる。

立った状態で背後から貫かれて、絶頂に追いあげられてしまった。夫とのセックスでは得られない、凄まじいアクメに狂わされた。

(もうこれ以上、あの人を裏切れない)

夫の顔を脳裏に思い浮かべると、堅く心に誓った。

過ちをなかったことにはできないが、未来なら変えることができる。なにを言われようとも、義父を拒絶するつもりだった。

「本当は里美さんもやりたいんだろう？　また、たっぷり楽しもうじゃないか」

久志はすっかり味をしめて、強引に押し倒そうとしてきた。

以前のやさしかった義父とは思えない好色さだ。肉の快楽が人格まで変えてしまったのだろうか。とにかく、里美は全力で胸板を押し返した。

「わたしは……わたしは、紀之さんの妻です！」

「むむっ……」

思わぬ抵抗にあって、義父の力が若干緩んだ。どうやら、無理やり裸に剝いて犯す気はないらしい。

「そこまで言うならわかった。わたしも、いやがる女を犯す趣味はない」

久志は急に態度を軟化させた。それでも諦めきれないのか、肩にまわした手を離そうとしなかった。

「わかってください……お願いです」

「せめて、口でしてくれないか」

息子の嫁に、口での愛撫を求めるなど信じられない。しかし、義父の目は真剣そのものだった。

「む、無理です、そんなこと……」

里美は思わず頰をヒクつかせて、首を左右に振りたくなる。夫にすらしたことがないのに、できるはずがなかった。

「セックスをしないなら、別にかまわないだろう」

「そういう問題では……」

「紀之にばれてもいいのか？」

それを言われると、強固な姿勢を取れなくなる。

これ以上、夫を裏切りたくない。それに、夫にだけは知られたくないという思いも強かった。

「紀之に知られたくなかったら、口でするんだ」

義父が選択を迫ってくる。卑劣な脅しが腹立たしいが、夫との生活を守ることを考えると拒絶できなかった。

「さあ、やってくれ」

「ま、待ってください……」

肩を引き寄せられて、義父の股間に覆い被さる格好になる。スラックスの前は、すでにパンパンに張り詰めていた。

「いや、いやですっ」

「口ですっきりさせてくれれば、紀之には話さない」

またしても囁かれて、心に迷いが生じてしまう。

すでに穢《けが》されてしまったが、それでも紀之と別れたくなかった。ここで断固として拒絶すれば、怒った義父は本当に秘密をばらすかもしれない。そうなると結婚生活は破綻してしまう。一方、言われたとおりにすれば秘密は守られて、今までどおり生活できる。

(最後までしなければ……)

ふとそんな考えが脳裏を過《よ》ぎる。ほんの少しだけ我慢すればいい。そうすれば、紀之との幸せな時間が壊されることはない。

(それなら、悪い夢を見たと思えば……でも……)

様々な思いが胸のうちを行ったり来たりする。追い詰められた状況で、どうするのが一番いいのか決められなかった。

「ほら、里美さんの手でズボンから出してくれ」

逡巡を見抜かれたのかもしれない。手を取られて、強引にスラックスの股間に導かれた。

「あっ……」

布地越しに、異様なほど硬くなった男根が感じられる。すりこぎでも入っているような感触だった。

「わたしとのことを知ったら、紀之はショックを受けるだろうな」

「そ、そんな……」

迷っている場合ではない。夫を悲しませたくなかった。義父の言葉が引き金となり、里美は震える指をファスナーに伸ばした。

(紀之さん……許して)

愛する人の顔を思い浮かべて、心のなかで謝罪する。そして、指先で摘んだファスナーを、ジジジッとおろしはじめた。

「ああっ……」

恐るおそる指を忍びこませて、トランクスの前を掻きわける。太幹に指が直接触れると、火傷《やけど》しそうな熱気が伝わってきた。

(やだ……こんなに熱いなんて)

それだけで心がすくみあがってしまう。思わず手を引きそうになるが、やらないわけにはいかなかった。

「早くしないか」

「は、はい……」

なにしろ勃起しているので、引っかかって出しづらい。手間取りながら露出させると、途端に獣のような匂いが鼻を突いた。

「いや……」

嫌悪感が湧きあがるが、同時にあまりの逞《たくま》しさに圧倒されてしまう。

スラックスの前合わせから、これでもかと硬化したペニスがそそり勃《た》っている。太さも長さも、紀之とは比較にならない。先端部分はぼっこり膨らみ、凶暴そうに傘を張りだしていた。

「じゃあ、はじめてもらおうか」

久志はソファの背もたれに寄りかかり、偉そうに命じてくる。もう逃げないと悟っているのか、里美から完全に手を離していた。

「いつも紀之にやってるんだろう？」

「し、したことないです……」

本当のことを打ち明ける。鉄塔のようにそびえる肉柱を前にして、どうすればいいのかわからなかった。

「なんだ、あいつはフェラチオもさせてないのか」

呆れたような声が頭上から降り注ぐ。その直後、勃起がピクッと跳ねあがった。

「きゃっ！」

亀頭の先端が鼻筋を打ち、思わず小さな悲鳴をあげてしまう。ペニスはさらにひとまわり大きくなり、胴体部分に太い血管を浮かびあがらせた。

「里美さんの初フェラを体験できると思ったら、興奮してしまったよ」

久志の声が浮かれているのが薄気味悪い。逃げだしたいが、夫のことを考えると従うしかなかった。

「まずは舌を伸ばして舐めるんだ」

おぞましい命令がくだされる。義父の声には威圧的な響きが含まれていた。

(やるしか……ないのね)

言われるまま恐るおそる舌を伸ばして、男根の裏側にそっと触れさせる。ちょうど縫い目のようになった部分を、そろそろと舐めあげた。

「ンンっ……」

「いいぞ、その調子で全体に唾液を塗りつけてみろ」

「は……はい」

里美は少しずつ位置をずらしながら、ペニスを根元から先端に向かって舐めつづける。密着させるのが嫌で、舌先をほんの少しだけ触れさせた。結果として、そのソフトなタッチが義父を悦ばせるとも知らずに……。

「くうっ、上手いじゃないか、里美さんはフェラチオの才能があるらしいな」

久志が快楽の呻きを漏らし、男根の先端に透明な汁を滲ませる。生臭い匂いがひろがり、思わず眉間《みけん》に嫌悪の縦皺を刻みこんだ。

(ああっ、こんなものを舐めるなんて……)

それでも中断するわけにはいかず、顔を傾けながら肉柱を舐めあげる。唾液を塗りこめることで、男根がヌラヌラと異様な光を放ちはじめていた。

「ンっ……ンっ……」

「おおっ、気持ちいいぞ。先っぽも舐めてくれよ」

言われたらやるしかない。舌を亀頭に這わせると、我慢汁が舌にねっちょりと付着した。

「ううっ、いやっ」

気色悪さに顔をしかめるが、久志が許してくれるはずもない。早くしろとばかりに股間を突きあげられて、さらなる奉仕をうながされた。

「もっと舌を使ってみろ」

「ンうっ……ンふぅっ」

亀頭全体を舐めまわし、尿道口を舌先でくすぐった。夫にすらしたことのない口唇奉仕を、義父に施している。死にも勝る屈辱だが、結婚生活を守るためにはこうする以外に方法がなかった。

「そろそろ咥えてもらおうか」

ついに一番恐れていた命令がくだされる。さすがに躊躇して固まると、再び脅し文句を囁かれた。

「紀之に全部話してもいいんだぞ。それとも、口じゃないところに咥えこむか？」

「そ、それだけは……」

里美は涙目になりながら、ペニスに顔を近づける。初めてのフェラチオ体験に震える唇を開くと、亀頭をぱっくりと咥えこんだ。

「はむううっ」

口内に匂いがひろがり、鼻に抜けていく。吐き気がこみあげてくるが、精神力で懸命に抑えこみ、唇でカリ首を締めつけた。

「おおっ、全部呑みこむんだ」

「ンンっ……ンふぅっ」

こうなったら命令通りにして、一刻も早く終わらせるしかない。唇をずるずると滑らせることで、義父の股間に顔を沈みこませる。肉胴の熱気が伝わり、里美は頬を紅潮させながら口内に収めていった。

(こんなこと、気持ち悪い……)

亀頭が喉の奥に到達することで嘔吐《おうと》しそうになる。生臭さも強烈で、理性が蝕《むしば》まれていくような気がした。

「咥えてるだけじゃダメだぞ。首を振って唇でしごいてみろ」

久志の声が聞こえてくる。相変わらずの命令口調だが、どういうわけか里美のなかで抵抗感が薄れていく。男根を咥えたことで、支配されたような気持ちになっている。

嫌悪感が消えることはないが、義父に従うのが当然のように思えてきた。

「むふっ……ンンっ……おふぅっ」

ゆったりと首を振り、唇でペニスをしごきあげる。ゴツゴツした感触は不気味だが、睫毛を伏せて口唇愛撫に没頭した。

「舌も使うんだ……うむむっ」

久志は低い呻き声を漏らしては、細かく指示を出してくる。里美は困惑しながら唇を滑らせて、舌先で裏筋をくすぐった。

「むむっ、これはなかなか……おおうっ」

カリの段差を擦ると、気持ちよさそうなつぶやきが聞こえてくる。無意識のうちに感じる部分に狙いを定めて、首振りのスピードを加速させていた。

「その調子だ……おおっ、くおおっ」

「あむっ……はンっ……むふふンっ」

男根の匂いのせいなのか、それとも息苦しさのせいなのか、すでに思考が麻痺しかかって、なにも考えられなくなっている。ひたすらに首を振り、太幹をベロベロと舐めまくった。

「い、いいぞ、もっとだ、くおおっ、もっと首を振ってみろ！」

久志の声が切羽詰まってくる。鼻息が荒くなり、男根も小刻みに震えていた。どうやら、絶頂が近づいているらしい。

(は、早く……早く終わってください)

一秒でも早く解放されたかった。胸のうちで屈辱がどんどん大きくなる。里美は首を振りながら、肉柱を思いきり吸いあげた。

「おおおッ、で、出るっ、くおおッ、うおおおおッ!」

口のなかで男根が跳ねまわった。ついに先端から熱い精液が噴きだし、口腔粘膜にベチャベチャと付着した。

「はむううううッ!」

生臭さがいっそう強くなり、強烈な嘔吐感がこみあげる。慌てて男根を吐きだそうとしたとき、後頭部をがっしり押さえつけられた。

「うううっ!」

「全部飲むんだ。一滴でも残したらダメだぞ」

義父の口から恐ろしい言葉をかけられる。普通の精神状態だったらとてもできないが、今の里美は義父の操《あやつ》り人形にすぎない。汚辱の涙を流しながら、口内に放出された精液を嚥下した。

(ううっ、いや、気持ち悪い……)

喉に絡みつく感触がおぞましい。それでも、勇気を出して少しずつ喉の奥に流しこんだ。ようやく男根を吐きだすと、里美は激しく噎《む》せ返った。

「どうだ、美味かったろう。いつでも飲ませてやるぞ」

久志の勝ち誇ったような声がリビングに響き渡る。咳きこむ里美のことを、好色そうな目で見つめていた。

(これで……よかったのよね?)

静かに涙を流しながら、心のなかで夫に語りかける。しかし、脳裏に思い浮かべた紀之は、能面のような表情でにこりともしてくれなかった。

2

翌日の午後、瑠璃と健二が遊びにやってきた。

来客は大歓迎だ。実際、二人の姿が救世主のように見えた。

久志は軽く言葉を交わしただけで、仕事があると言って書斎にさがった。どうやら、賑やかな二人とは馬が合わないらしい。確かに瑠璃も健二も社交的だが、少々落ち着きがなかった。

いずれにせよ、里美にとっては好都合だ。義父といっしょにいる時間は、極力減らしたかった。今日は土曜日だったが、夫は朝から接待ゴルフに出かけていた。

昨夜、瑠璃から電話がかかってきた。

携帯電話を忘れたので、明日取りに行ってもいいかという確認だった。健二が休みなので、いっしょに顔を出すと言っていた。

もちろん、快諾して電話を切った。そして、できるだけ長く引き留めようとあれこれ考えた。二人がいる間は、義父に手出しされることはない。できることなら、紀之が帰ってくるまで居てほしかった。

「今、コーヒーを淹《い》れるわね」

里美は携帯電話を渡すと、義弟夫婦をソファに座らせて微笑んだ。

「おかまいなく、すぐ帰りますんで」

健二がいつもの調子で軽く答えた。

黒のダウンジャケットを脱ぎ、洗いざらしのダンガリーシャツにジーンズというラフな格好になっている。健二は紀之よりもひとまわり大きく、筋肉質のがっしりした体型をしていた。

「でも、せっかくなんで、一杯だけいただきます。義姉さんの淹れてくれるコーヒー、めちゃくちゃ美味いんですよね」

端整な顔立ちだが、笑うと途端に幼い雰囲気になる。まるで好奇心旺盛な子供を思わせる笑顔だった。

「ふふっ、相変わらずお上手ね」

里美も釣られて微笑んだ。

見た目は紀之の若い頃に似ているが、性格はまるで違っている。

兄の紀之は超がつくほど真面目だが、弟の健二はとにかく人生を楽しもうとするタイプだった。兄弟とはいえ七つも離れているので、おのずと考え方は変わってくるのだろう。

「なにか手伝いましょうか？」

瑠璃が声をかけてくる。

ボア付きの真紅のダウンコートを脱ぐと、真冬だというのに下は黒のキャミソールに、やはり黒のミニスカートという大胆な服装だった。

「お客さんなんだから、テレビでもつけてゆっくりしてて」

里美はキッチンに向かうと、電動ミルでコーヒー豆を挽《ひ》いた。

(これで今日は安心だわ)

義弟夫婦がいれば、久志は書斎から出てこないだろう。

この調子で、できるだけ長く引き留めるつもりだ。接待ゴルフに出かけている紀之の帰宅が遅くなるようなら、泊まってもらうのも手かもしれない。二人がいる間は安全を確保できる。タイミングを見計らって、切りだしてみるつもりだった。

コーヒーメーカーのスイッチを入れてしばらくすると、いい香りが立ちのぼる。久しぶりに平和な一日を過ごせそうだった。

今日の里美は、淡いブルーのワンピースに身を包んでいる。二人が来るとわかっていたので、少しだけおしゃれをした。そんな気分になれたのも、瑠璃が携帯電話を忘れてくれたおかげだった。

「お待たせしました」

トレーを手にして、二人のもとへと向かう。コーヒーカップとクッキーを載せた皿をテーブルに置き、里美は絨毯の上に横座りした。

「あら、お義姉さん、床になんか座らないで」

「そうですよ、こっちに座ってください」

瑠璃と健二が、三人掛けソファの両端に避ける。真ん中に座れとばかりに場所を空けられた。

「わたしは、ここでいいの」

夫婦の間に割って入るようで気が引ける。それなら、絨毯に座っているほうが、落ち着けそうだった。

「へえ、お義姉さんって遠慮深いんだ。わたしも見習いたいなぁ」

瑠璃がつぶやくと、隣で健二が大袈裟に頷いた。

「そうそう、瑠璃は見習ったほうがいいぞ」

「あ、カチンと来ちゃった。どういう意味？」

「義姉さんは見るからにおしとやかだろう。なにか女らしくていいじゃないか」

「なにそれ？　あ、わかった、エッチなこと考えてたでしょう？」

「ま、まさか……ハハハッ」

詰め寄られた健二が笑って誤魔化す。瑠璃は怒った振りをしてにらみつけた。

「ヘンなことばっかり考えてるんだから。お義姉さん、どう思います？」

「ふふっ、仲がよくて羨ましいわ」

そんな義弟夫婦のやりとりが微笑ましい。仲睦《なかむつ》まじい様子が伝わってくる。里美と紀之の間で、そういった軽い会話は交わされなくなっていた。

(わたしたちがなくしてしまったものを、二人はまだ持ってるのね)

本当に羨ましかった。里美は眩しいものでも見るように、瑠璃と健二を見つめていた。自分たち夫婦も、新婚当初はあんな感じだったのに……。

「あ、そうだ、テレビつけてもいいですか？」

健二は返事を待たずにリモコンを摑み、テレビをオンにした。

なにか見たい番組でもあるのか、しきりにチャンネルをまわしている。そして、古い映画がはじまると、前のめりになって画面を凝視した。

「ちょっと、人の家で映画を観るつもり？」

瑠璃が声をかけるが、もう健二の耳には届いていないようだった。

「なに考えてるのよ、しょうがないなぁ」

「気にしないで。せっかく来たんだからゆっくりしてね。二人がよかったら、泊まってくれてもいいのよ」

里美としては、少なくとも紀之が帰宅するまではいてほしい。とにかく、義父と二人きりになりたくなかった。

「お義姉さん、ちょっと話があるんだけど」

瑠璃はふいに声のトーンをさげると、真剣な瞳を向けてきた。

「どうしたの？」

小声で尋ねると、瑠璃はソファから立ちあがり、里美の手を取った。

「誰にも聞かれないところで……」

小声で囁きかけてくる。なにやら事情がありそうだ。里美は義妹の瞳を見つめて、こっくりと頷いた。

瑠璃は健二がテレビに夢中になっていることを確認すると、里美の手を引いてリビングを後にした。

二階にあがると、なぜか瑠璃は夫婦の寝室に入っていく。レースのカーテンがかかった窓から、午後の柔らかい陽光が差しこんでいる。それでも、寝室特有のまったりした空気が流れていた。

(どうして、寝室なの？)

よほど人に聞かれたくない大事な話があるのだろうか。夫婦の閨房に入られるのは正直抵抗があるが、今は義妹のことが心配だった。

「お義姉さん、座って」

瑠璃はドアを閉めると、里美をうながしてダブルベッドに並んで腰掛けた。

「なにがあったの？」

できるだけ穏やかな口調で尋ねてみる。ところが、瑠璃は言いにくそうにうつむいてしまう。

いつも明るい義妹の、これほど思い詰めた姿を見るのは初めてだ。いったい、なにがあったのだろう。仲がよさそうに見えたが、夫婦の問題かもしれない。自分たちとも重なり、放っておけなかった。

「よかったら話して。瑠璃ちゃんの力になりたいの」

誠心誠意をこめて語りかける。すると、ようやく瑠璃が顔をあげた。

「……え？」

里美は一瞬、言葉を失った。

なぜか、彼女の口もとには妖しい笑みが浮かんでいる。まっすぐ見つめてくる瞳にも、意味深な光が宿っていた。

「見ちゃったの」

ぽつりとつぶやき、唇の端をニヤリと吊りあげる。たったそれだけのことで、里美は胸を抉られたような気がした。

「見たって……なにを？」

「わたし、昨日見ちゃったんだ」

探るような瞳で見つめられる。自分の発する言葉で、里美がどんな反応をするのか観察しているようだった。

「驚いちゃったわ」

「な……なんのこと？」

背筋に冷や汗が浮かんで流れ落ちる。

今の里美は、人に見られてはならない秘密をたくさん抱えていた。胸の鼓動が速くなり、呼吸もままならなくなってしまう。

「虫も殺さないような顔して、まさかあんなことしてるなんて」

「あ、あんなことって？」

頬の筋肉が引きつっている。それでも、懸命に平静を装いつづけた。

「昨日、携帯電話を忘れたことに気づいて戻ってきたの。そうしたら、玄関の鍵《かぎ》がかかってなかったのよね」

瑠璃が薄笑いを浮かべながら話しはじめる。里美は凍りついたように固まり、なにも言えなくなっていた。

「ちょっとした悪戯心ってやつ？　インターホンを鳴らさないで、そっとあがってみたの。そうしたら……」

いったん言葉を切ると、瑠璃はまじまじと瞳を覗きこんでくる。もう最後まで言わなくても、彼女がなにを見たのか想像できた。

（そ、そんな……まさか、見られてたなんて……）

考えただけでも気が遠くなりそうだった。

昨日、瑠璃が帰った後、リビングで義父に迫られて必死に拒んだ。ところが、紀之にばらすと脅されて、仕方なく口唇奉仕を施した。夫以外のペニスをしゃぶり、口のなかに放出された精液を飲み干したのだ。

「心臓がとまるかと思った。あんまり驚かさないでよね」

瑠璃が身体をぐっと寄せてくる。里美は肩をすくめてうつむいた。

「まさか、お義父さんとあんな関係だったとはねぇ」

「ち……違うの」

消え入りそうな声になってしまう。脅されて強要されたこととはいえ、絶対に知られてはならない秘密だった。

「ねえ、もう最後までしちゃったの？　いつから関係があったの？」

瑠璃はどこか浮かれた様子で尋ねてくる。義姉を責め立てるのが楽しいのか、次々と言葉を投げかけてきた。

「もしかして、愛してるとか？　やっぱり、お義兄さんは知らないのよね？」

「ご、誤解よ……ち、違うの」

もう掠れた声しか出なかった。弁解しようにも、どこから説明すればいいのかわからない。あまりのショックに、頭のなかがパニックを起こしかけていた。

「まあ、言いたくないならいいけどね。わたしはお義姉さんと楽しみたいだけだから」

瑠璃が肩にそっと手をまわしてくる。抱き寄せられたと思ったら、彼女の顔が迫ってきた。

「え？　ンンっ……」

唇に柔らかいものが触れてくる。信じられないことに、いきなり義妹にキスされていた。

「や……やめて」

慌てて顔を背けるが、肩を抱いた手は振りほどけない。瑠璃は意外にも強い力で、里美の身体を抱き寄せていた。

「逃がさない。こんなチャンス滅多にないんだから」

低い声で凄まれて、それだけで畏縮《いしゅく》してしまう。なにしろ、義父との禁断の秘密を知られてしまったのだから……。

「な、なにするの？」

「なにって、いいことに決まってるじゃない」

恐るおそる尋ねると、瑠璃はニヤリと笑う。そして、ワンピースの肩をねっとりとした手つきで撫でまわしてきた。

「わたし、どっちもいけるのよね」

「……え？」

「男だけじゃなくて、女の人も好きってこと」

驚きの告白だった。結婚していながらレズでもあるという。いわゆる、両刀遣いと呼ばれているタイプだろうか。

「じょ、冗談よね？」

「じゃあ、試してみる？」

口もとは笑っているが瞳は本気だった。

そう言われてみると、思い当たる節もある。情熱的な瞳で見つめられてドキリとすることがこれまで何回かあった。視線を感じて振り返ると、瑠璃が頬を赤らめていたこともある。なにかおかしいと思っていたが、まさかレズだったとは……。

「は、離して」

「言ったでしょ、逃がさないって。お義姉さんみたいに、清楚《せいそ》な美人を苛めるのって最高なのよね」

瑠璃の声が湿り気を帯びてくる。なにやら淫靡《いんび》な空気が漂いはじめて、里美は思わず身を硬くした。

「大丈夫、お義父さんとのことは誰にも言わないから」

耳に息を吹きこみながら囁かれる。

「ンっ、や、やめて……」

「秘密にしてあげる。でも、その代わり……」

「あンっ」

義妹の唇が耳たぶに触れて、小さな声が漏れてしまう。義父とのことをネタに脅されて、強く抗えなかった。

「一度だけでいいの。わたしと遊びましょ？」

「そんな……女同士なんて……」

「わたしのこと嫌い？」

熱い吐息が耳孔に流れこんでくる。

「そ、そういうことでは……経験ないから……」

「最初はみんなそうでしょ？　心配しないで、わたしが教えてあげるから」

瑠璃はさらに柔らかい唇で、耳たぶをそっと挟みこんでくる。やさしく甘嚙みされると、背筋がゾクゾクするような感覚が走り抜けた。

「あンンっ」

「ふふっ、緊張してるの？」

「や、やめて……」

里美は小声で抗議して、肩をすくめることしかできない。すると、彼女の手のひらが、肩から背中へと移動してくる。円を描くように撫でまわし、ワンピースのファスナーに指をかけてきた。

「お義姉さん、可愛い」

舌先で耳たぶをツツーッとなぞられる。背中のファスナーをおろされて、外気が素肌を撫でてきた。淡い水色のブラジャーが見えているはずだ。義妹の手のひらが入りこみ、背中の地肌に触れられた。

「あっ、いや」

「白くて綺麗な肌……ツルツルして気持ちいい」

瑠璃は溜め息混じりにつぶやき、さらにワンピースを肩から抜いてしまう。上半身はブラジャーだけになり、反射的に両手で胸もとを覆い隠した。

「お尻、浮かせてくれる？」

ワンピースをおろされて、足もとから抜き取られる。ブラジャーとお揃いのパンティまで露わになり、これまでに経験したことのない羞恥に襲われた。

「素敵……プロポーションもいいし、想像していたとおりだわ」

うっとりとした様子でつぶやき、全身を眺めまわしてくる。そうしながら、瑠璃は自分も服を脱ぎはじめた。黒のキャミソールとミニスカートの下に身に着けていたのは、黒レースのブラジャーとパンティだ。

胸の谷間は白くて深く、マロンブラウンの髪がふわりと垂れかかっている。腰が細くて急激にくびれているので、肉づきのいい尻が強調されていた。肌が艶々しているのは、女として満たされているからではないか。彼女を見ていると、そんな気がしてならなかった。

「たっぷり可愛がってあげる」

瑠璃の手が肩にかかり、ベッドの上にそっと押し倒される。仰向けになると、あらためて羞恥と不安がこみあげてきた。

「待って……やっぱりダメ……」

「じゃあ、お義父さんとのこと、秘密にしとかなくていいの……」

小声で訴えるが、瑠璃は薄笑いを浮かべつつ、脅し文句を言って覆い被さってくる。もう拒絶できそうになかった。瑠璃は里美の脚の間に片方の膝をつき、顔の両側に手を置いて四つん這いになった。

「る、瑠璃ちゃん……」

義妹の顔がすぐ目の前に迫っている。なにをされるのか考えただけで、心臓の鼓動が激しくなってしまう。

「震えてるのね。怖いの？」

「ゆ……許して」

「最初はみんなそう言うわ。最初はね」

髪をそっと撫でられる。女性ならではのしなやかな手つきに戸惑い、里美はただ肩をすくめていた。

「ずっと気になってたの、お義姉さんのこと。本当に綺麗、めちゃくちゃにしたくなるくらい」

妙に落ち着いた声が、逆に恐怖心を煽《あお》りたてる。欲望に満ちた瞳も、まるで心を抉るようだった。

（なんだか熱い……）

同性の視線をこれほど熱く感じるのは初めてだ。欲望と憧憬《どうけい》、それに嫉妬が混ざり合い、素肌にねちっこく絡みついてきた。

「せっかくだもの、いっしょに楽しみましょう」

「ンぅぅっ」

唇を奪われた。柔らかい唇が触れたと思ったら、舌がヌルリと入りこんでくる。やさしく口内を舐めまわされて、舌を吸いあげられた。それと同時に、膝頭で股間をそっと圧迫されるのも刺激的だった。

（そんな、女同士で……ああっ）

ショックではあるが、なぜか嫌悪感はさほど感じなかった。

もともと瑠璃のことが嫌いではなかったし、キスが上手だったせいもあるかもしれない。なにより、いたわるような愛撫が警戒心を溶かしていく。自然と互いの唾液を交換して、いつしか里美も舌を伸ばしていた。

「はぁっ、お義姉さん」

「あふンっ……はンンっ」

義妹のキスは甘く蕩けるようだった。夫とも義父とも違う、どこまでもソフトな女同士のキスだ。こんなふうに丁寧に扱われたら、どんなに貞淑《ていしゅく》な女でもその気になってしまうだろう。

(ああっ、おかしくなりそう)

夢中になってディープキスに耽《ふけ》っていると、彼女の手が背中に滑りこんできた。ホックを外されて、あっさりブラジャーを取られてしまう。乳房が剝きだしになり、たまらず羞恥の喘ぎを義妹の口内に吹きこんだ。

瑠璃は舌を吸いあげながら、乳房に手のひらを重ねてくる。そして、柔らかさを確かめるように、そっと指を沈みこませてきた。

「あふううっ」

女性ならではの繊細な手つきで、乳房をゆったりと揉みあげられる。思わず喉の奥で呻いて、眉を八の字に歪めていた。

肉体は確実に流されはじめている。甘いキスと繊細な愛撫が、身も心も溶かそうとしていた。もはや嫌悪感など微塵《みじん》もない。全身にひろがっている感覚は、紛れもない快感だった。

「ンンっ……ダ、ダメぇっ」

乳首をそっと摘まれて、思わず唇を振りほどく。自分でも驚くほどの、媚びた喘ぎ声をあげていた。

「気持ちよくなってきたんでしょう？」

瑠璃が瞳を覗きこんでくる。すべてを見透かされている気がして、里美は思わず視線を逸らしていた。

「そ、そんなこと……ああンっ」

乳首を指先で転がされて甘い痺れがひろがり、またしてもいやらしい声が漏れてしまう。いじられるほどに硬く尖り勃ち、なおのこと感度が高まった。

「こんなに勃ってるのに無理しちゃって」

「そ、それは……はンンっ、い、悪戯されてるから……」

「でも、こういうの好きなんじゃない？」

両手で乳首をクニクニと刺激される。さらに吸いつかれて、舌でねろりと舐めまわされた。

「やンっ、ダメっ、ああンっ」

「本当はどうなの？」

「ほ、本当は……」

義妹の言葉を即座に否定できない。唾液に濡れた乳首は、まるで愛撫を欲するように硬くなっていた。

「ねえ、教えて。乳首が感じるんでしょう？」

「い、言えない……」

里美は弱々しく首を振った。

許されるなら、この愉悦に溺れてしまいたい。しかし、こんな不埒《ふらち》な行為が許されるはずがない。里美は決意を胸に、下唇を嚙み締めた。

「あら、だんまりってわけ？　それなら、こっちにも考えがあるわ」

瑠璃は双つの乳首を念入りにしゃぶってから、徐々に下半身へと移動する。乳房から腹部へと唇を滑らせて、ついばむようなキスをしながら、臍《へそ》の穴も舌先でくすぐった。そして、パンティのウエストに、両手の指をそっとかけてきた。

「そ、それは許して……」

慌てて義妹の手を押さえつける。すると、瑠璃は無理に脱がそうとせず、ウエストラインに沿って指先をサワサワと這わせてきた。

「あっ、いや、あンっ」

くすぐったさと紙一重のきわどい感覚がひろがっていく。さらに、恥丘を覆っているパンティの上からキスの雨を降らせてきた。

「ドキドキするでしょ？　ふふふっ」

「いやよ、あンっ、やめてぇっ」

じっとしてやり過ごそうかと思ったが、腰が勝手にくねってしまう。そんな里美の反応を目にして、瑠璃は脚の間に這いつくばり、股間に顔を埋めてきた。

「いやがってる振りして、湿ってるじゃない」

「ああっ！」

パンティの船底にキスをして、より直接的な刺激を送りこまれる。薄布の上から陰唇に触れられただけで、腰が小刻みに震えだした。

「はンンっ、も、もう、これ以上は……」

「素直じゃないなぁ、こんなに濡らしてるくせに」

瑠璃は膝を押し開き、まじまじと覗きこんでくる。鼻の頭が股間に触れて、クチュッという湿った音が響き渡った。

「あうっ、あ、当たってる……」

「いやらしい匂いさせちゃって、それにすごい染み」

嬉しそうな声の直後、義妹が本格的な愛撫を仕掛けてきた。

柔らかい内腿に吸いつき、舌先でくすぐるように舐めまわしてくる。快感を次から次へと送りこまれて、身体がどうにかなってしまいそうだ。そして、再びパンティの上から陰唇に口づけしてきた。内側が充分すぎるほど湿っているので、軽く触れただけでも蜜音が響き渡った。

「クチュクチュいってるじゃない」

「あンっ、ウソ、あふンっ」

「お義姉さんって清楚に見えるけど、じつはいやらしいのね」

パンティの股布が脇に寄せられてしまう。濡れそぼった陰唇が剝きだしになり、義妹の視線が這いまわってきた。

「ああ、やっぱり綺麗」

瑠璃の感嘆の声が、なおのこと羞恥心を煽りたてる。見られていることを嫌でも意識して、新たな蜜が溢れだした。

「やめて、見ないで……」

両手で隠そうとするが、軽くはね除《の》けられてしまう。散々愛撫されたことで、身体に力が入らなくなっていた。

「全然使いこまれてないのね。ますます好きになっちゃった」

陰唇に息を吹きかけながら言うと、瑠璃は右手の中指を膣口にあてがった。

「あうっ、ま、まさか……」

「そのまさかよ。指で可愛がってあげる」

「ひッ、いや……はああッ」

彼女のほっそりとした指が、膣口に入りこんでくる。いくら細くても、膣内に挿入される衝撃は強烈だ。

「あううッ、は、入っちゃう、あああッ」

「なかもヌルヌル、こんなに濡らして恥ずかしくないの？」

指の腹で膣襞を擦りながら、じわじわと進んでくる。義妹の嘲《あざけ》るような言葉も、なぜか性感を刺激した。

「ダ、ダメ、そんなに奥まで……」

中指を根元まで埋めこまれて、条件反射的に蜜壺が収縮する。内腿の付け根に筋が浮かび、義妹の指を思いきり締めあげた。

「ああっ、すごく締まってる。わたしの指で感じてるのね」

瑠璃は溜め息混じりにつぶやくと、指を挿入したまま股間に顔を埋めてくる。クリトリスに吸いつき、舌を伸ばして舐めあげてきた。

「ひあッ、そ、そんなこと、あああッ」

同性なので女の感じるポイントを的確に責めてくる。肉豆を舌でやさしく転がして硬くすると、今度はチュッと吸いあげてきた。

「あっ、やめて、はああっ」

「クリちゃんが感じるんだ？　じゃあ、もっとしてあげる」

「ダ、ダメっ、そこ、はあッ、ダメぇっ」

もう喘ぎ声をとめられない。愛蜜が洪水のように溢れだし、夫婦の寝室に淫らがましい牝の匂いがひろがっていく。里美は両手でシーツを強く握り、大股開きで腰を震わせていた。

「わたしの舌で気持ちよくなって」

「あッ、あッ、そ、そんなにされたら……」

勃起したクリトリスを唇で甘噛みしては、柔らかい舌で舐め転がされる。次々と押し寄せてくる快感の波が、徐々に大きくなっていた。

「も、もう、あああッ、もうっ」

「もうイキそうなの？　ねえ、お義姉さん、イッちゃいそうなの？」

肉芽をしゃぶりながら、瑠璃が嬉しそうに尋ねてくる。里美は懸命に耐えるが、蜜壺に埋めこまれた中指を抽送されると我慢できなくなった。

「ああッ、う、動かさないでっ」

「すごいでしょう？　クリちゃんを舐められながら、ここをグリグリすると、どんなにお堅い女でも、すぐ天国にイッちゃうのよ」

肉芽と蜜壺を同時に責められる。しかも、女を知り尽くしたレズの愛撫は鮮烈だった。自然と股間を突きだし、下肢をブルブルと震わせていた。

「あああッ、もうおかしくなっちゃうっ」

「イキたい？　ねえ、イキたいの？」

瑠璃はクリトリスから舌を離し、指の抽送を緩やかにする。里美が「イキたい」と言うまで焦《じ》らし抜くつもりなのだろう。

「はううッ、意地悪しないで」

「じゃあ、言って。どうしてほしいの？」

硬くなった肉芽をぺろりとひと舐めされる。それだけで、全身が弾むほどの快感が突き抜けた。

「ひああッ、も、もうダメっ、イ、イキたい、あああッ、イキたいのっ」

恥も外聞もかなぐり捨てて義妹に訴える。ところが、瑠璃は意地の悪そうな笑みを浮かべて、舌先でクリトリスを小突いてきた。

「ひッ、あッ、あッ……ど、どうして？」

「まだダメよ。もっとお願いしないと」

指をねっとりと抜き差しされて、イクにイケない快感を送りこまれる。愛蜜を垂れ流しているのに、決して昇り詰めることはできなかった。

「あううッ、お、お願い、イ、イカせて……あぁッ、イカせてくださいっ」

我慢できなくなって、腰をくねくねと揺すりたてる。陰唇が新鮮なアワビのように蠢き、愛蜜の量もさらに増えていた。

「そんなにイキたいの？」

義妹が執拗に尋ねてくる。里美はたまらず涙を流しながらガクガクと頷いた。

「ふふっ、やっと素直になったわね」

「は、早く……ああっ、お願い」

「イカせてあげる。思いきりイッていいわよ」

瑠璃はクリトリスに吸いつくと同時に、蜜壺に埋めた中指をピストンさせる。硬い肉豆を舐めしゃぶり、中指を折り曲げて膣壁をやさしく抉った。

「ひああッ、そ、それ、すごいっ、あああッ、もうダメぇっ」

「イッて、お義姉さんがイクとこ見せてっ」

「あああッ、イクっ、あああッ、イクイクっ、イックううぅッ！」

ついに義妹による濃厚な愛撫で、エクスタシーの嵐に呑みこまれる。あっという間に天高く舞いあげられて、全身の細胞という細胞が震えて快楽に酔いしれた。

「すごく締まってる……はぁ、わたしまでおかしくなりそう」

「も、もう、イッてるから……はあああッ」

昇り詰めてもしつこくクリトリスを舐められて、絶頂感が継続してより深いものになる。やがて喘ぎ声も出なくなり、力尽きてぐったりするまでクンニリングスがつづけられた。

「すごいイキっぷりね。お義兄さんが見たら卒倒するんじゃない？」

瑠璃が股間から顔をあげて、愛蜜にまみれた口もとを手の甲で拭《ぬぐ》う。

そして、里美のパンティを引きさげてつま先から抜き取り、一糸纏《まと》わぬ姿に剝いてしまった。

3

「お義姉さん、可愛かったわ」

添い寝をした瑠璃が、耳たぶを甘噛みして囁きかけてくる。

いつの間にか、彼女もブラジャーとパンティを脱いで全裸になっていた。乳房は瑞々しく張っており、乳首は経験の豊富さを物語る鮮やかな紅色だ。陰毛は綺麗な楕円形に整えられていた。

里美は絶頂の余韻《よいん》のなかを漂っており、まともにしゃべることができない。ハアハアと息を乱して、焦点の定まらない瞳を宙に向けていた。

「そんなによかったの？」

瑠璃が胸の膨らみを二の腕に押しつけながら、里美の乳房に手を伸ばしてくる。汗ばんだ肌を撫でまわしては、やさしく揉みあげてきた。

「わたし……恥ずかしい」

意識がはっきりしてくるに従い、羞恥心がこみあげてくる。

義妹とこんな関係になってしまうとは思いもしなかった。しかも、深いアクメを味わわされて、恥ずかしいほどに乱されてしまった。

(また、紀之さんを裏切って……)

脳裏に夫の顔が浮かんだ。

またしても不貞を犯してしまったことを心のなかで謝罪しようと思ったとき、いきなり寝室のドアが開け放たれた。

「面白そうなことやってるね」

顔を覗かせたのは、義弟の健二だった。

「い、いやっ……」

里美は慌てて両腕で身体を隠し、か細い悲鳴をあげた。

ベッドの上には、里美と瑠璃が裸で横たわっている。健二からすれば、兄嫁と自分の妻が裸体を寄せ合っているのだ。それなのに、なぜか驚く様子もなく、にやつきながら歩み寄ってきた。

「へえ、義姉さん、いい身体してるね」

「い、いや、見ないで……こ、これは……」

里美はなんとか言いわけしようとする。ところが、この状況を誤魔化す言葉など、とっさに浮かぶはずもなかった。

「で、どうだったの？」

健二が軽い調子で声をかけると、瑠璃は里美の耳にキスをした。

「あンっ……」

「お義姉さん、すごく敏感なの。アソコの締まりも最高だったわ」

「それはいいね。早く俺も試したいな」

とても夫婦の会話とは思えない。こんな異常な状況だというのに、二人ともやけに冷静で、むしろ楽しんでいるようだった。

「ど……どういうことなの？」

里美の頭は混乱していた。裸体を寄せている瑠璃と、ベッドサイドに立っている健二を交互に見やる。説明してほしいが、なにから聞けばいいのかわからなかった。

「驚かせてごめんね。わたしたち夫婦って、ちょっと進んでるの」

瑠璃が微笑を浮かべながら話しはじめた。

二人は大学時代に知り合ったため交際歴が長く、ここのところ夫婦間のセックスはマンネリ気味だという。とはいえ、精力も好奇心も旺盛で、とにかく刺激に飢えている。夫婦交換のスワッピングなども経験済みで、常に新しい刺激を求めていた。

そして昨日、たまたま里美が義父にフェラチオしているのを目撃して、今回のことを思いついたという。

「お義姉さんのこと、初めて会ったときから気になってたのよね」

瑠璃は悪びれた様子もなく言うと、頬にチュッと口づけしてくる。

「や、やめて……」

里美は思わず身を引くが、両手をしっかりまわして抱きつかれた。

「せっかくだもの、もっともっと楽しみましょ？」

「は、離して」

「健二のアソコって、結構大きいんだから。ほら、見て」

うながされてベッドサイドを見やると、健二がいつの間にか服を脱ぎ捨てて全裸になっている。股間からは巨大なペニスがだらりと垂れさがっていた。

「どうですか、すごいでしょう？」

「い、いやっ」

思わず顔を背けるが、瑠璃はしつこく抱きついてくる。そして、乳房をこってりと揉みしだき、耳たぶを舐めながら囁きかけてきた。

「勃ってなくても、あんなに大きいのよ。興味あるんじゃない？」

確かに義弟のペニスは驚くべきサイズだった。

普通の状態でも、すでに紀之の興奮したときを上回っている。本格的に勃起したら、いったいどうなってしまうのだろう。

「やめて……」

拒絶する声が、自分のものとは思えないほど弱々しい。散々悪戯された身体には、まだ気怠《けだる》い官能の炎が燻っていた。

クイーンサイズのダブルベッドに健二があがってくる。瑠璃とは反対側から、全裸の里美に迫ってきた。

「俺も義姉さんと遊んでみたいと思ってたんだ」

「な、なにを言ってるの？　こ、来ないで」

後ずさりしようにも、瑠璃がいるので逃げられない。身体に手をまわされて、乳房を揉まれていた。

「怖がることないよ。俺たちは純粋に楽しみたいだけなんだから」

健二があっけらかんとした様子で語りかけてくる。男根を見せつけるように、里美の顔のすぐ横で膝立ちの姿勢になった。

「どう？　よく見てよ」

腰を振ることで、まだリラックスしている肉棒がゆらゆらと揺れた。

「み、見たくない」

そう言いながらも、視線は男根を追ってしまう。アクメの余韻を色濃く残した肉体が、目の前の牡《おす》に反応していた。

「義姉さんの口で大きくして」

健二が口もとに男根を近づけてくる。

「で、できないわ」

寝返りを打とうとするが、瑠璃に抱き締められて動けない。身をよじっているうちに、亀頭が鼻先に迫ってきた。

「本当はしゃぶりたいんだよね。ほら、口を開けてごらんよ」

「ううっ」

慌てて閉じた唇に、亀頭がぴっとり触れてくる。健二は膝立ちの状態で、にやにやと笑いながら見おろしていた。

「お義姉さん、意地を張らないで」

瑠璃が耳もとで囁き、乳首をそっと摘まれる。やさしく転がされると甘い痺れがひろがり、再び官能の炎が勢いを増してしまう。下腹部がむずむずして、無意識のうちに内腿を擦り合わせた。

「はンンっ……」

「ほら、義姉さん、舐めてみて」

まるで媚薬《びやく》のように、義妹の声が耳のなかに流れこんでくる。乳首をいじられる快感と、男根の先端から漂ってくる牡の匂いが、里美の心を激しく揺さぶった。

「お義父さんにしてたでしょう。同じことをすればいいのよ」

「してくれたら、俺も秘密を兄貴には黙っといてあげるから」

昨日、瑠璃に見られてしまったことを思いだす。やらなければ、きっと夫に打ち明けられてしまう。

(それだけは……でも……)

頭ではいけないとわかっているが、夫を悲しませたくない。それに、身体が熱くてどうしようもなかった。

「ンっ……はむううっ」

そっと唇を開いて、義弟のペニスを口内に迎え入れる。亀頭だけを咥えこみ、カリ首をやんわりと締めつけた。

「ンンっ……」

「おっ、やっとその気になってくれたみたいだね」

健二が嬉しそうにつぶやき、さらに腰を近づける。ペニスがヌルリと押し進められて、里美は反射的に唇を窄《すぼ》めていた。

「おふっ……ンむぅっ」

まだ柔らかい肉胴を締めつける。舌を男根の裏側に押し当てて、躊躇することなく唾液を塗りつけていた。

(ああ、わたし……健二さんにまで、こんなことを……)

義父だけではなく、義弟のペニスまで咥えてしまうなんて……。

激しい罪悪感が胸にこみあげてくるが、同時に下腹部の奥が熱くなるのも感じていた。

瑠璃が乳房をこってりと揉みしだいては、乳首をやさしく摘みあげる。内腿をもじもじ擦り合わせると、付け根からクチュクチュと湿った音が聞こえてきた。

「うおっ、いいね。清楚な振りして、フェラが好きなんだ?」

健二の言葉が、なおのこと里美を苦しめる。夫にもしたことがないのに、好きなはずがない。紀之以外のペニスなど、穢らわしいだけだった。

「咥えてるだけじゃダメよ。ちゃんと舌を使って、大きくしてあげてね」

瑠璃が裸体をぴったり密着させせながら囁いてくる。恥丘に手のひらをあてがい、内腿の間に指をねじこんできた。

「うンンっ!」

クリトリスに触れられて、身体が小さく跳ねあがる。ジーンと痺れるような快感がひろがり、理性がグラリと揺らめいた。

(ああっ、そこはダメなのに……もうやめてぇっ)

心の叫びが届くはずもない。二人は目を見合わせてはくすくす笑いながら、里美の身体を弄びつづけた。

肉芽に愛蜜を塗りつけては、やさしく転がされる。瑠璃の手管《てくだ》に翻弄されて、思考能力があっという間に薄れていく。気づいたときには、言われるまま男根に舌を這わせていた。

「ンンっ……はふンっ」

裏筋を舐めあげて、亀頭を飴玉のようにヌルヌルしゃぶる。唇でも締めつけて刺激すると、ペニスは急激に膨らみはじめた。

「ふむううっ」

「おおっ、気持ちいい」

健二が快楽の呻きを漏らして腰を震わせる。瞬く間に口内が埋め尽くされ、ペニスの先端から透明な汁が溢れだす。鼻を突く匂いがひろがり、脳細胞をチリチリと焼いていた。

(や、やだ、こんなに大きいなんて……)

里美は男根を咥えこみ、眉を情けなく歪めていた。

あまりにも太くて、顎が外れてしまいそうだ。長さも凄まじく、先端が喉の奥に届いている。吐きそうになるのをこらえるので精いっぱいだ。圧倒的な質量に、恐怖心すら湧きあがってきた。

「ふふっ、大きいでしょう。ほら、こうして頭を振らないと」

瑠璃が後頭部に手を当てて、無理やり動かしてくる。健二は腰を突きだした姿勢で、低い呻き声を漏らしていた。

「くううっ、義姉さんのフェラ、最高だよ」

「ンっ……ンっ……」

太幹が唇を擦りあげるたび、なぜか愛蜜が溢れてしまう。淫らな行為を強要されているのに、どういうわけか肉体は昂ぶっていた。

(ああっ、いや……いやなのに……)

心とは裏腹に、全身が熱くなっている。いけないと思いながらも、頭の片隅ではこの巨大なペニスで貫かれたら、どれほどの快感が得られるのか考えていた。

「ねえ、健二、そろそろ挿《い》れてあげたら？」

瑠璃が再び股間に手を伸ばしてくる。割れ目をなぞりあげたかと思うと、膣口に指を沈みこませてきた。

「ンっ……ンううっ」

「ああっ、すごく熱い」

溜め息混じりにつぶやき、さらに指を挿れられる。蜜壷が勝手に反応してキュウッと収縮した。

「ンふううっ」

「あンっ、こんなに締めちゃって。お義姉さんのアソコ、もう待ちきれなくてヌルヌルになってるわ」

楽しそうに言いながら、指をゆっくりと抜き差しする。それだけで、里美は早くも昇り詰めそうになっていた。

「むはっ……や、やめて、ああッ、ダ、ダメぇっ」

思わずペニスを吐きだし、涙混じりの声で訴える。しかし、強要されたわけでもないのに、いつしか股を大きく開いていた。

義妹の指を挿入されて、愛蜜を大量に溢れさせている。意思に反して腰が勝手にくねり、陰唇をヒクつかせてしまう。もっと強い刺激が欲しくてたまらない。ヒップがシーツから浮きあがり、はしたなく股間を突きあげていた。

「も、もうっ……ああっ」

「すごいね。義姉さんがこんなにいやらしい女だったなんて驚きだな」

膣から指が抜かれると、すかさず健二が覆い被さってくる。唾液にまみれたペニスを膣口にあてがい、いきなり埋めこんできた。

「そうら、これが欲しいんだろう?」

「ああァッ、お、大きいっ」

肉唇ごと巨大な亀頭が沈みこむ。膣口が限界までひろがり、ミシミシと不気味に軋《きし》んだ。

「入ったよ。俺のでっかいのが突き刺さってるよ」

健二が目を剝きながら見おろしてくる。太さに慣らせるように、浅瀬で亀頭を前後に軽く揺らしていた。

「こ、怖い……」

「大丈夫よ、すぐに気持ちよくなるから」

添い寝した瑠璃が、下腹部に手を伸ばしながら語りかけてくる。健二の巨根を何度も経験しているため、里美が感じている恐怖と期待を理解していた。

「太いのを挿れたままで、ここを触ると……」

「ああンッ！」

クリトリスをいじられて、股間をクイッと突きあげてしまう。男根を挿入されているため、なおのこと敏感になっていた。

「おおっ、締まるっ」

健二が低く唸り、挿入を再開させる。ゆっくりと慎重に、長大な肉柱を押し進めてきた。

「あッ、ま、待って……あぁッ」

みっしり詰まった媚肉を掻きわけるように、亀頭が一ミリずつ前進する。隙間から愛蜜が滲み出し、股間はぐっしょりと濡れていた。

「き、きつい、義姉さんのオマ×コ、すごく気持ちいいよ」

「あああッ、こ、壊れちゃう……」

「まだ半分しか入ってないよ」

義弟の言葉に気が遠くなる。さらにじりじりと男根を埋めこまれて、背筋が自然と仰け反った。

「はううッ、も、もうダメっ」

「ふぅっ、全部入ったよ。奥まで届いてるのわかる？」

亀頭が子宮口を圧迫している。今にも突き破りそうで、里美は両手で義弟の腰を懸命に押し返した。

「ううッ、ゆ、許して……」

「最初はみんなそう言うんだ。でも、最後はもっと欲しいってなるよ」

健二がスローペースで腰を振りはじめる。巨大なペニスが後退すると、膣襞がごっそり抉られるようだ。そして、再び埋めこまれるときは、子宮口を突かれる刺激を密かに期待していた。

「あッ……あッ……こ、こんなのって」

「感じてるのね。もっとよくしてあげる」

瑠璃が尖り勃った乳首にしゃぶりつき、やさしく舐めまわしてくる。硬くなったクリトリスも指でそっと転がし、甘い刺激を送りこんできた。

「ああッ、や、やめてっ」

「乳首もクリも、コリコリになってるわ」

「あンッ、瑠璃ちゃん、あああッ」

凄まじい快感だった。長大なペニスで犯されながら、女性ならではのソフトな愛撫を施される。そして、二人が義弟と義妹だと思うと、強烈すぎる背徳感の嵐が吹き荒れた。

「くっ、どんどん締まってくる」

健二も興奮した様子で腰を振っている。少しずつ抽送速度をあげて、蜜壺のなかを隅から隅まで掻きまわしていた。

「あうッ、ダ、ダメっ、深いのダメぇっ」

「奥が好きなんだね。じゃあ、もっとやってあげるよ」

両手をヒップにまわされたと思ったら、強引に持ちあげられてしまう。腰まで浮きあがった状態で、あらためてペニスを根元まで埋めこまれた。

「はうッ！　そ、そこっ、あああッ」

より深い場所まで亀頭が到達している。失神寸前の圧迫感だ。その状態で腰を小刻みに振られて、子宮口をコツコツと叩かれた。

「あッ……あッ……」

小さな絶頂が連続して襲いかかってくるような感覚だ。シーツについている両足のつま先が内側に丸まり、新たな愛蜜が溢れだす。膣襞が波打つように蠢き、猛烈な勢いで収縮した。

「おおッ、すごいぞ」

健二が呻きながら、腰を振りつづける。一気に昇り詰めるつもりなのか、抽送を緩める気配はなかった。

「お義姉さんのオマ×コ、そんなにいいの？　ちょっと妬《や》けちゃうな」

瑠璃が甘ったるい声で囁き、里美の乳首を舐めまわしてくる。同時にクリトリスも転がし、もう片方の手では自分の股間をいじっていた。

「あああッ、ゆ、許してっ」

「ダメよ、わたしといっしょにイクの」

指の動きが速くなる。勃起した肉芽を弾くように刺激されて、頭のなかが真っ白になった。

「はああッ、そ、それダメっ、あああぁッ」

ペニスの動きも激しさを増し、子宮口を連続してノックする。健二も鬼のような形相で腰を振りたてていた。

「も、もうすぐだよ、おおおッ」

「ああッ、あああッ、い、いやっ、もうやめてぇっ」

もう自分で自分をコントロールできない。いつしか腰をくねらせて、あられもない嬌声を振りまいていた。

「お義姉さんっ、わたしといっしょに、あああッ」

「くおッ、お、俺も、もうっ、ぬうううッ」

瑠璃の喘ぎ声と健二の呻き声が交錯する。この場にいる誰もが、昇り詰めることしか考えていない。里美も涙を流しながら、はしたなく腰を振りたてた。

「あああッ、い、いいっ、もっと、あああッ、もっとしてぇっ」

ペニスを叩きこまれると同時に、クリトリスを指で押し潰される。ついに鮮烈な快感がスパークして、股間から透明な汁がプシャアアッと噴きだした。

「ああッ、い、いやっ、なんか出ちゃうっ」

「わ、わたしも、お義姉さんと、あああッ、イ、イクうううッ！」

「あああッ、ダ、ダメっ、あぁあああああッ！」

アクメの波に呑みこまれて、義妹といっしょに絶叫する。その直後、深く埋めこまれたペニスが思いきり脈動した。

「おおおッ、で、出るっ、おおおおおおッ！」

「ひあッ、ま、また……はううッ、イ、イクっ、またイッちゃううッ！」

義弟の射精に巻きこまれて、すぐさま二度目の絶頂に昇り詰める。二人がかりで責められて、気を失いそうなオルガスムスに追いあげられた。

夫婦の閨房で嬲《なぶ》られた挙げ句、快楽に溺れてしまった。

抗っていたのは最初だけだ。執拗な責めに理性を崩されて、最終的には自ら快楽を求めてしまった。

「あ……あ……」

激しい絶頂の余韻で、全身が感電したようにビクビクと痙攣《けいれん》している。頭の芯まで痺れきって、もうなにも考えられなかった。

(ご……ごめんなさい……)

心のなかで謝罪の言葉をつぶやいた。しかし、今は愛する人の顔を思いだすこともできなかった。

第四章　淫具責め

1

義弟夫婦に弄《もてあそ》ばれてから三日後——。

里美は体調を崩して、あの日の夜からずっと寝こんでいた。

夫には風邪気味で熱っぽいと嘘をついていたが、本当は義弟夫婦に嬲られたことがショックだった。しかも、二人がかりで責められて醜態を晒《さら》した。信じられないほど乱れて、最後には潮《しお》まで噴いてしまった。

(あれが、わたしの本性……?)

ひとりでダブルベッドに横たわり、延々と自問自答を繰り返す。

愛しているのは夫だけだ。それなのに、他の人に抱かれても感じてしまった。身体は心を裏切り、喜々として男根を受け入れた。夫に聞かせたことのない声で喘ぎ、淫らに腰をくねらせた。

（紀之さん……）

サイドテーブルに飾られたフォトスタンドが目に入る。

写真のなかで笑みを浮かべている夫を見ると、罪悪感が膨れあがった。不貞を働いた事実が、胸に重くのしかかった。

すでに、昼の十二時をまわっている。

専業主婦としての務めをなにも果たしていない。そのことを考えると、なおさら気持ちが沈んでしまう。

紀之は今朝も自分でコーヒーを淹れて、トーストを焼いたようだ。そして、出勤する前には、やさしい言葉をかけてくれた。

――今日は早く帰ってくるから、里美はゆっくり寝てるんだよ。

まさか自分の妻が、父親や弟と関係を持ったとは思いもしないだろう。なにも知らずに気遣ってくれるのが、嬉しくもあり、つらくもあった。

いつまでも寝ているわけにはいかない。義父と顔を合わせたくなかったが、なにもしないのは一所懸命働いている夫に申し訳なかった。

気力を振り絞ってベッドから抜けだし、まずはシャワーを浴びようとバスルームに直行した。

熱いシャワーで汗を流したことで、すっきりして気持ちが引き締まった。

義父は書斎に引き籠《こ》もって仕事をしているようだ。

散々酷《ひど》いことをしてきた久志だが、さすがに寝こんでいる間は手出しをしてこなかった。自分にも責任の一端があると反省したのかもしれない。

(もうなにもなければ、いいのだけど……)

義父のことは気になるが、やらなければならないことが山ほどあった。

洗濯機をまわして、洗い物をすると、リビングに軽く掃除機をかけた。今日は紀之が早く帰ると言っていたので、晩ご飯の支度をしようと思う。義父だけなら出前で済ませてもらうところだが、夫には手料理を食べてもらいたかった。

クリーム色のセーターと落ち着いた焦げ茶のフレアスカートの上から、お気に入りのエプロンを着けてキッチンに立つ。買い物に行く時間はなかったので、冷蔵庫にある食材でメニューを考えた。

ずいぶん久しぶりのような気がして、少し心が浮きたった。なにもしないで寝こんでいると、ますます滅入ってしまう。こうして身体を動かしているほうが、気持ちがいくらか楽だった。

さっそく玉ねぎの皮を剝いて、まな板の上に置く。そして、包丁を手にしたとき、リビングに久志が入ってきた。

「あ……」

途端に手がとまってしまう。里美は身を硬くして、対面キッチン越しに義父の動きをうかがった。

「具合はよくなったのかね」

久志はゆっくり歩み寄ってくると、カウンターの向こうから見つめてくる。表情は穏やかで、口調もやさしかった。

「いろいろやってくれているようだが、無理をしてはいけないよ」

警戒して身構えていたが、意外にもいたわりの言葉をかけられた。

もしかしたら、本当に心配してくれていたのだろうか。これを機に、以前の温厚な舅に戻ってくれるのではないか。散々嬲られたのに、そんな甘い期待をしてしまうのは、夫のために義父との禁断の関係を終わりにしたいからだ。

「病《や》みあがりなんだから、少しずつ身体を慣らしたほうがいい」

「は……はい」

普通の口調を意識しながら口を開いた。

「もう大丈夫です。ご心配おかけしました」

過《あやま》ちをなかったことにはできないが、なんとか以前の良好だった関係に近づけようと思う。義父が心を入れ替えてくれたのなら、きっと上手くいくはずだ。愛する夫のために努力は惜しまないつもりだった。

「本当に大丈夫なのかい？」

「はい、少し身体を動かしたほうがいいみたいです」

どうしても緊張してしまうが、それでもできるだけ明るい声で答えると、久志はこっくりと頷いた。

「そうか、それはよかった」

声のトーンが低くなる。カウンターをまわりこむと、どういうつもりかキッチンに入ってきた。

「本当に心配していたんだよ」

「お、お義父《とう》さん？」

すぐ隣に立たれて、嫌な予感がこみあげてくる。なにやら様子がおかしい。玉ねぎを切るために握っていた包丁が、小刻みに震えはじめていた。

「なにしろ、あんなことがあった後だからね」

「あ、あんなことって？」

「健二たちには、わたしからきつく言っておいた」

久志の口から出た言葉を耳にして、里美は思わず息を呑んだ。

あの日、寝室でなにが行われていたか義父は気づいている。瑠璃と健二から責め嬲られて、里美は乱れに乱れた。あられもないよがり泣きが、書斎まで届いていたのかもしれない。

「心配することはない。兄嫁を犯したなんて世間に知れたら、困るのは健二たちなんだ。しつこく付きまとったりはしないさ」

肩にそっと手を置き、粘りつくような口調で語りかけてきた。

「もう邪魔されることはない。また二人きりで楽しもうじゃないか」

悪魔の囁きが耳に流れこんでくる。肩をいやらしい手つきで撫でまわされて、背筋に悪寒《おかん》が走り抜けた。

（そ、そんな……）

全身が凍りついたように固まり、身動きひとつとれなくなる。

なにも変わってなどいなかった。義父は心を入れ替えてなどいない。すべては以前の幸せな生活に戻りたいという里美の幻想だった。

「それにしても驚いたよ。里美さんはマゾのうえに、レズの気もあったとはね」

久志が耳たぶに息を吹きかけながらつぶやいた。

もしかしたら、寝室を覗いていたのだろうか。まるで、すべてを知っているような口ぶりだった。

「や、やめてください……」

「しかも、夫の弟に抱かれても悦ぶんだから、たいしたもんだ」

「言わないでくださいっ」

思わず振り返って言い放つ。あの日のことは思いだしたくない。淫らな自分を認めたくなかった。

「ほう、どうするつもりなんだい？」

久志の声が、よりいっそう低くなる。なぜか視線をさげて、里美の手もとを見つめていた。

「あっ……こ、これは……」

そのとき、包丁を握っていたことに気づいてはっとする。鈍い光を放つ刃先が、たまたま義父の体に向いていた。

「もし、わたしになにかあれば、いろいろと勘ぐられるかもしれないな。嫁と舅の関係がバレたら、ワイドショーの格好のネタにされるぞ」

「そ、そんな……」

「健二たちのことも調べられて、きっと大騒ぎになるな。そうなると、紀之も巻きこまれて会社にいられなくなる。それでも、刺すつもりかな？」

「ち、違います、そんなつもりでは……」

里美は慌てて包丁をまな板の上に置くと、キッチンのなかを後ずさりする。とにかく、これ以上は義父と関わりたくなかった。

「こ、ここから出てください」

勇気を振り絞ってつぶやいた。声は掠《かす》れてしまったが、しっかり聞こえているはずだ。それなのに、義父は片頬に笑みを浮かべながら歩み寄ってきた。

「なにを怖がってるんだい？」

「ゆ、夕飯の準備が……」

背中が勝手口のドアにぶつかる。鍵を開けて逃げだす余裕はない。迫ってくる義父を、ただ怯《おび》えた瞳で見あげていた。

「悪いようにはしないよ」

久志が猫撫で声で語りかけてくる。ところが、目つきだけはナイフのように鋭いのが不気味だった。

「健二たちのことも、わたしのことも、紀之に話すつもりはない。里美さんが言うとおりにしてくれればね」

「ゆ、許してください」

「許すもなにも、わたしは里美さんを悦ばせたいだけなんだ」

すぐ目の前に立った久志が、スラックスの後ろポケットから黒い棒状の物体を取り出した。

「今日はこれを使って楽しもうか」

「これって……」

妙にゴツゴツしており、黒光りしているのが気色悪い。いかにもいかがわしい感じがして、見ているだけで不快な気持ちになった。

「バイブだよ。よく見ると、男のアソコの形をしてるだろう？」

「ひっ！」

思わず小さな悲鳴が溢れだす。確かに男根の形をしており、大きな亀頭や肉胴部分に這いまわる太い血管まで再現してある。話には聞いたことがあるが、現物を目にするのはこれが初めてだった。

「里美さんのために買ったんだ。初心者用のサイズにしておいたよ」

久志は恩着せがましく言うと、目の前にしゃがみこむ。そして、バイブの先端をフレアスカートの裾にかけて、じわじわと持ちあげはじめた。

「な、なにを……」

「決まってるだろう。これをアソコに挿《い》れるんだよ」

「い……いやです」

思わず両手でスカートを押さえるが、呆気《あっけ》なく払いのけられてしまう。

「紀之に知られてもいいのか？　健二や瑠璃さんにやられたことを」

抑揚のない声で告げられると、それだけで気持ちが畏縮する。なにも言い返せなくなり、スカートの裾を引きあげられてしまう。

「紀之のためを思うなら、逆らわないほうがいいんじゃないか？」

「うぅっ、いや……」

里美はどうすることもできず、ただ身を硬くしていた。

ストッキングを穿いていないので、剝きだしの膝が露わになり、やがてむっちりとした太腿まで見えてくる。義父のねちっこい視線を感じて、反射的に内腿をぴったり寄せてガードした。

「いい太腿だ。わたしは、里美さんのこの太腿が大好きなんだよ」

久志が口を開くたび、生温かい息が太腿にかかるのが気持ち悪い。

バイブの先端で太腿をなぞりながら、さらにスカートの裾がまくりあげられる。白いパンティが張りついた恥丘が露出すると、里美はこらえきれずに羞恥の喘ぎを漏らしていた。

「ああっ、ゆ、許してください」

「本当は期待してるんだろう？」

薄笑いを浮かべた義父が見あげてくる。恥丘に鼻先を近づけて、鼻をクンクンと鳴らしていた。

「や、やめてください……」

「なにを今さら、たっぷり舐め合った仲じゃないか」

「あの人が帰ってきてしまいます」

「それなら急がないといけないな。ほら、自分で持つんだ」

スカートの裾を持つように命じられて、里美は仕方なく従った。

両手の指先で摘むと、瞬く間に胸が恥辱で満たされていく。これでは、自分からスカートをまくって見せているようではないか。顔がカッと熱くなり、頭から湯気が出そうだった。

「手をおろすんじゃないぞ」

「あ、あんまりです……」

「紀之にばれたくなかったら、手間をかけさせるなよ」

久志はどこか楽しそうに言うと、バイブの先端を恥丘に触れさせた。パンティ越しに捏《こ》ねまわし、内腿の間にねじこもうとする。

「いや……」

思わず力をこめて阻止するが、久志も引こうとはしなかった。

「抵抗するのは結構だが、時間のほうは大丈夫なのか？」

キッチンは蛍光灯をつけているので明るいが、すでに窓の外は暗くなっている。紀之の帰宅時間が刻一刻と迫っていた。

「お、お願いです……許してください」

「いつまで経っても終わらないぞ。脚を開くんだ」

淡々とした声が恐ろしい。里美は早く終わらせたい一心で、脚をほんの少しだけ開いた。

「もっとだよ。肩幅まで開かないと」

「ああ……」

言われたとおり脚を開くと、内腿が自然と離れて無防備になる。すると、恥丘に押し当てられていたバイブが、縦溝をなぞりながら股間に滑りこんできた。

「はンっ、いやです」

思わず脚を閉じかけるが、かまうことなくパンティの上から陰唇をなぞられる。敏感な箇所を擦られて、膝から力が抜けそうになった。

「あうっ、ダメ、ンあぁっ」

「しっかり立ってないと危ないぞ」

久志は肉唇の合わせ目を探り当てると、里美の顔を見あげながら刺激する。恥じらう表情を楽しんでいるに違いなかった。

「濡らさないと入らないから、少し刺激してやろう」

「あっ……ンっ……ンンっ」

スカートを両手で持つように命じられているため、顔を隠すこともできない。晒し者にされているようで屈辱的だった。

「どうした？　膝が揺れてるじゃないか」

バイブの先端でじりじりとなぞっては、クリトリスを絶妙な力加減で小突きまわしてくる。焦れるような刺激がねちっこい愛撫となり、膝だけではなく腰まで揺れはじめてしまう。

（こんなの、いやなのに……）

感じる場所ばかりをいじられて、股間の奥が熱くなってくる。バイブの先端が再び淫裂をなぞり、膣口を探り当てて布地越しに圧迫してきた。

「はううっ、そ、そこ、ダメです」

「どうしてダメなんだ？」

意地悪く尋ねられて、里美はスカートの裾を摘んだまま首を振りたくった。

「ここを押すと、どうなるんだ？」

「あうっ、そ、そこは……」

「言うんだ」

「あぁっ、か、感じすぎてしまいます」

恥ずかしい告白をした途端、股間からクチュッという蜜音が響き渡る。パンティごとバイブの亀頭が沈みかけて、大量の華蜜が溢れだした。

「あぁっ、ダ、ダメぇっ」

「おっ、濡れてきたぞ」

久志の熱い息が、内腿の付け根に吹きかかる。膣口をグリグリと刺激されて、膝と腰が小刻みに震えていた。

「ずいぶん感じやすくなったじゃないか」

ようやくバイブが股間から離れていく。と、その直後、パンティの船底を脇にずらされて、陰唇を剝きだしにされてしまった。

「い、いやっ、いやですっ」

「ちょっといじられただけで、こんなに濡らすとは、恥ずかしいと思わないのか」

股間を覗きこんでつぶやくと、久志はついに直接バイブを押し当ててきた。

「ひっ……」

「動くなよ。まずは蜜をたっぷりまぶして……」

濡れそぼった肉唇に沿って、バイブの黒い亀頭を滑らせる。ニチュッ、ヌチュッという音が、卑猥な気分を嫌でも盛りあげた。

「あっ、また、濡れちゃう……ンンっ」

「よし、これくらいでいいだろう。いくぞ」

膣口に硬い物が触れてくる。陰唇が内側に押される感覚があり、直後に侵入してくるのがわかった。

「あううッ、そ、そんなっ」

「どんどん入るぞ。たっぷり濡れてるから痛くないだろう」

「や、やめて、挿れないでください」

確かに痛みは感じないが、作り物の男根を挿入されていると思うと、おぞましさに襲われる。しかし、今の里美に逆らうことは許されない。ただスカートの裾を強く摑んで耐え忍ぶしかなかった。

「あッ……あッ……」

「あとちょっとだ」

「ああッ、も、もう……」

義父の逸物よりは小さいが、異物を挿入される刺激は強烈だ。濡れた膣襞を擦られると、望まない快感がこみあげてしまう。さらなる愛蜜が溢れだし、バイブがズルリと嵌《はま》りこんだ。

「はああッ！」

「ようし、全部入ったぞ」

久志は脇にずらしていたパンティを元に戻して、バイブの端にすっぽりと被せてしまった。

「わたしの許可があるまで抜くんじゃないぞ」

「そ、そんな……もうすぐ、紀之さんが……」

涙混じりの声でつぶやくが、義父はスカートをおろして股間を隠した。

「こうすればわからないさ。あとは里美さんがおかしな行動をとらなければね」

勝手に抜いたら紀之にすべてを打ち明けると念を押し、久志はようやくキッチンから出ていった。

「ま、待ってくださ……あううっ」

たった一歩進むだけで、膣内がバイブに擦られる。鮮烈な刺激が突き抜けて、危うくくずおれそうになった。

（ううっ、こんなのって……）

あまりの仕打ちに、こらえきれない涙が溢れて頬を伝い落ちていく。

この日、里美は結婚して初めて、紀之の帰宅が遅くなってほしいと願った。

2

紀之は約束どおり定時に退社して、早めに帰ってきた。病みあがりの妻を心配して、仕事が忙しいのに無理をして早く退社してきたのだろう。

それなのに、素直に喜べない自分が嫌だった。秘密を知られたくない一心で、作り笑顔を振りまいている。愛する人の前で、必死に取り繕っていることが苦痛でならなかった。

(でも、仕方ないの……)

里美はキッチンに立ちながら、心のなかでつぶやいた。

ただの不貞行為ではない。相手は義父と義弟夫婦なのだ。もし知られたら破局する以外はなかった。どんなことをしても隠し通すしかなかった。

「なんか、楽しそうだね」

食卓で夕刊をひろげている紀之が、にこやかに話しかけてくる。グレーのスウェットに着替えて、すっかりリラックスモードに入っていた。

「そうかしら?」

里美は平静を装い、頬が引きつりそうになるのをこらえて微笑んだ。

こうしてカウンター越しに言葉を交わすのが好きだった。それなのに、今は話しかけないでほしいと思ってしまう。

「熱がさがったからって、無理はしないでくれよ」

紀之の声はいつにも増してやさしかった。

妻の体調がよくなったと誤解している。今の里美の状況に少しも気づいてくれないのは淋しいが、それでいいのかもしれない。こうして晩ご飯の支度をしながらも、股間にはバイブを埋めこまれているのだから……。

「はい、わかってます」

里美が穏やかに答えると、紀之は満足そうに頷いた。

秘密を抱えているのはつらかった。紀之が再び夕刊に視線を落とすのを確認して、そっと息を吐きだした。

それにしても、バイブの存在感は強烈だ。どんなに慎重に歩いても、膣壁が擦れてしまう。妖しげな感覚が常に燻《くすぶ》っており、おかげで一時も気を緩めることができなかった。

抜いてしまいたかったが、勝手なことをしたら義父が黙っていないだろう。夫に真実を告げられるのが怖かった。

「おっ、今日は早く帰れたんだな」

ふいに低い声が聞こえてくる。その瞬間、全身に緊張感が走り抜けた。

恐るおそる顔をあげると、久志がリビングに入ってきたところだった。紀之に声をかけながら食卓に歩み寄ってくる。そして、椅子に座るとき、さりげなく里美に視線を送ってきた。

(ひっ……い、いや)

ニヤリと笑いかけられて、背筋に悪寒が走り抜ける。逃げだしたくなるが、夫の前でおかしな行動はとれなかった。

「あれ？　父さんも機嫌よさそうだね」

紀之の声が聞こえてくる。久志のにやけた顔を見て、いいことがあったと勘違いしたようだ。

「新しい仕事の依頼があったとか？」

「いや、もうがんばる必要もないから、懇意にしてる顧客だけで充分だよ」

「そうだね。自分のペースで仕事をするのが一番だよ」

ごく普通の親子の会話が交わされる。久志は鷹揚《おうよう》に微笑み、紀之はさりげなく父親の体調を気遣っていた。

以前の里美なら微笑ましく見つめていただろう。しかし、義父の本性を知っている今は、白々しい会話にしか聞こえなかった。

「じゃあ、なんでニコニコしてるのさ」

「息子夫婦といっしょに暮らせる喜びを噛み締めてたんだよ」

久志は平然と答えて、同意を求めるように里美を見つめてきた。

（よく平気な顔でそんなことを……）

とっさのことで言葉が出てこない。もう取り繕う余裕はなかった。

夕食の準備が忙しい振りをして視線を逸らす。さすがに紀之の前では手出しできないだろうから、なんとかやり過ごすしかなかった。

「も、もうすぐできますから」

体調を崩して買い物に行けなかったので、本日のメニューは家にある食材から考えた。肉と魚を冷凍しておいて正解だった。

出来たての料理を食卓に並べていく。

肉じゃがと鮭の塩焼き、それに味噌汁と漬け物というシンプルなものだ。それでも、久々の手料理を紀之は喜んでくれた。

「病みあがりなのに、作ってくれてありがとう」

感謝の気持ちを素直に言葉にされて嬉しかった。

「もう、大袈裟ね」

里美が席につくと、久志が「いただきます」と律儀に頭をさげる。その態度が不気味だったが、紀之はまったく気にすることなく食べはじめた。

「うん、美味《うま》いよ」

肉じゃがを口に運び、満面の笑みになる。夫が喜んでくれるのなら、作った甲斐があるというものだ。

「やっぱり、里美の手料理はいいなぁ」

隣の紀之がしみじみとつぶやいた直後、里美は思わず身を硬くした。

(え……？)

膝になにかが触れている。

恐るおそる正面の席に視線を向けると、久志が何食わぬ顔で茶碗を手にして白米を食べていた。淡々と食事をしている姿が逆に不自然だった。

(もしかして……)

考えられることはひとつだけだ。

正面に座っている久志が足を伸ばして、フレアスカートの上からつま先で膝に触れている。バイブを挿入するだけでは飽きたらず、なにを考えているのか食卓の下で悪戯《いたずら》をしかけてきた。

紀之に不審がられないよう、そっと足の位置を変えてみる。揃えた膝を右にやってみたり、左にやってみたりするが、義父のつま先は執拗に追いかけてきた。

（や、やめてください）

目で訴えるが、久志は飄々《ひょうひょう》と食事をつづけている。目が合っても知らん顔だ。

それでいながら、食卓の下では蛇のようなしつこさで足を伸ばしてくる。ついには、つま先をフレアスカートの裾に引っかけて、ゆっくりと持ちあげはじめた。

腰を軽くよじるが、ささやかな抵抗は役に立たない。義父は靴下を穿いておらず素足だった。里美もストッキングを穿いていないので、つま先が直に脛《すね》を撫でて、膝まで這いあがってくるのがわかった。

（やだ……気持ち悪い）

フレアスカートが大きくまくれあがっているが、おかしな動きをすると紀之に気づかれてしまう。なにもできずに困惑していると、義父のつま先が膝を無理やり割り開こうとしてきた。

息子が目の前にいるこの状況で悪戯してくる神経が信じられない。懸命に膝を閉じていると、蜜壺に挿入されているバイブが突然、小刻みに震えはじめた。

（はンンっ！）

危うく声が漏れそうになり、慌てて下唇を噛み締める。

なんとか紀之には気づかれずに済んだが、バイブが動くとは知らなかったので、内心激しく動揺してしまう。

（ど、どうなってるの？　ああっ、ああっ……）

怯えた視線を向けると、久志は唇の端を微かに吊りあげた。

左手をさりげなく食卓の下におろしている。そして、目配せを送ってきた直後、バイブの動きがぴたりととまった。

（ま……まさか……）

恐ろしい想像が胸のうちにひろがっていく。もしかしたら、バイブはリモコンで操作できるようになっているのではないか。食卓の下に置いた左手で、オンオフを繰返しているとしか思えない。紀之の前で嬲って、里美の反応を楽しんでいるに違いなかった。

「食欲ないの？」

里美の手がとまっているのに気づいて、心配そうな顔をした紀之が話しかけてくる。

「う、ううん、もう大丈夫」

無理をして明るい声を出そうとするが、どうしても上擦ってしまう。そのとき、またしてもバイブが動きはじめた。

「ンンっ……」

鮮烈な刺激が突き抜ける。

何時間も異物を挿入された状態で、膣襞は過敏になっていた。延々と愛撫を施されていたようなものだ。そこを微弱とはいえ、バイブの振動で責められると一気に快感が爆発した。

「どうかした？」

「うっ……ううっ」

とてもではないが、言葉を発することなどできなかった。

ごく弱い振動でも身体の芯まで響き渡り、腰が小刻みに震えはじめている。唇を開いた途端、よがり声が迸《ほとばし》りそうだった。

「里美？」

紀之が顔を覗きこんでくる。なにか答えなければ怪しまれてしまう。しかし、絶え間なく襲ってくる快感の波が邪魔をしていた。

（いやっ……も、もうダメっ）

諦めかけたそのとき、見計らっていたようにバイブの振動がとまった。

「ンぅ……」

「お腹でも痛いの？」

前屈みになったことで、腹痛を起こしたと勘違いしたらしい。紀之が心配そうに声をかけてきた。

「ご……ごめんなさい……もう大丈夫」

下腹部にどす黒い快感が留まっている。真正面の席からは、義父が薄笑いを浮かべながら見つめていた。

「まだ調子悪いんじゃないか？」

「え、ええ……でも、本当に大丈夫だから……の、紀之さん、おかわりを」

里美は夫の空になっていたお椀を手に取ると、すっと立ちあがってキッチンに逃げこんだ。歩くとバイブが擦れるが、それよりこの場から離れたいという気持ちのほうが強かった。

「せっかくだから、いただこうかな」

紀之は少し驚いた様子だったが、それ以上はなにも言わない。妻の手料理なら、たとえ満腹でも食べてくれるやさしい性格だった。

「くっ……ンンっ」

股間の奥に甘い痺れがひろがっている。里美はシンクの縁に両手を置き、くずおれそうな身体を支えていた。

歩いたことで、なおのこと蜜壺内が掻きまわされてしまった。深く押しこまれたバイブに膣壁を擦られて、新たな華蜜が溢れだしている。それでも対面キッチンのカウンター越しに夫が見ているので、つらい顔はできなかった。

「お味噌汁を温め直すから、ちょっと待っててね」

意識して義父を見ないようにしながら、懸命の作り笑顔で夫に語りかけた。

「おいしいから、つい食べ過ぎちゃうよ」

紀之も笑みを返してくれる。でも、内心では心配してくれているのがわかるから、里美はなおのこと追いこまれてしまう。

（ああ、どうしたらいいの？）

夫に醜態は見せられない。理性を総動員して快感を抑えこみ、味噌汁の入った鍋を火にかけた。

「ああんッ……」

またしてもバイブが動きだす。微弱振動が膣襞を震わせて、欲望を強制的に煽りたててくる。視線を感じて顔をあげると、義父が嗜虐《しぎやく》的な目で見つめていた。

（い、いやっ……もういやっ）

いつになったら解放されるのだろう。膣にバイブを挿れられている以上、少しくらい離れても義父の責めから逃れられない。リモコンを操作されれば、情けなく腰砕けになるしかなかった。

「ンっ……はンンっ」

シンクの縁を両手で摑み、股間からひろがる愉悦の波になんとか耐えようとする。刺激はつづいているが、態度に出すわけにはいかない。紀之はもうすぐ食事を終える。

それまで耐え抜くしかなかった。

「あうっ！」

ところが、里美の決意を打ち砕くように、バイブの動きが急激に変化する。亀頭に相当する部分が、不意打ちのようにグリグリと回転をはじめていた。

（な、なんなの？　ああっ、激しいっ）

膣壁を猛烈に抉られて、快楽をどんどん発掘されてしまう。腰から下が勝手にうねり、蜜壺も意思に反して収縮している。バイブなど嫌で仕方ないのに、いつしか肉体は流されかけていた。

「あっ、あっ……くううっ」

下唇を嚙み締めて懸命に声をこらえる。しかし、下腹部ではブウンッという微かなモーター音が響いていた。

「どうかしたの？」

カウンターの向こうから、紀之が怪訝そうな目を向けてくる。里美の異変に気づいたのかもしれない。

「か、かき混ぜたら……お、お味噌汁が跳ねて……ンンっ」

とっさに誤魔化そうとするが、声の震えを抑えきれなかった。

「火傷したの？」

「だ、大丈夫っ」

慌てたため、つい語気が強くなってしまう。紀之が立ちあがりかけたので、制するのに必死だった。もう下半身のうねりをとめられない。今、キッチンに入ってこられたら、内股になって腰を振る姿を見られてしまう。

「た、たいしたことないから、座ってて」

再びシンクの縁を力いっぱい握り締めると、なんとか作り笑顔を浮かべた。

「里美がそう言うなら……」

紀之は心配そうにつぶやくが、気圧《けお》されたように座り直して黙りこんだ。

「具合が悪いなら、こっちに来て座ったらどうだね」

久志はリモコンでバイブを操作しながら、ぬけぬけと語りかけてくる。まるで気遣っているふうを装い、息子の嫁が悶え苦しむ様を楽しんでいた。

(やめて、話しかけないで……もういやです)

里美は涙をこらえるので精いっぱいだった。

蜜壺内でバイブが首を振り、膣襞を抉りまくっている。人間のペニスではあり得ない動きで、強烈な快感を次から次へと送りこんでいた。

「病《やまい》を押して家事に勤《いそ》しむとは、まったく今どき感心なお嫁さんだ。なあ、紀之、そうは思わんか？」

「なんだよ、父さん」

紀之は照れ隠しに白米を掻きこんだ。

これ以上、里美を気にすると、また久志にからかわれると思ったのか、キッチンのほうを見なくなってしまった。

「はンンッ！」

そのとき、またしてもバイブの動きが強くなり、股間から脳天に快感電流が走り抜けた。

(そ、そんな、激しすぎる)

先端部分が猛烈にうねり、胴体部分も激しく振動している。モーター音も大きくなっていて、夫に聞こえてしまうのではないかと気が気でない。

「ンッ……ンンッ」

シンクを摑んでいなければ倒れていただろう。なんとか身体を支えるが、内股になって膝はガクガクと震えていた。自然とヒップを後方に突きだす格好になり、背筋が弓なりに反り返った。

「くぅッ……ンンッ……ンぅぅッ」

頭のなかが真っ白になって、瞬く間に理性が蒸発していく。視界は紅蓮《ぐれん》の炎に埋め尽くされ、もう昇り詰めることしか考えられない。無意識のうちに媚肉を収縮させると、バイブを思いきり食い締めた。

（あああッ、もうダメっ、イッちゃうっ、イクッ、イクッ、イクーッ！）

カウンターの向こうに夫の姿が見えているというのに、バイブの刺激でついに達してしまう。強烈な快感で身も心も蕩けてしまいそうだった。ぎりぎりのところで声をこらえて、アクメ顔を見られないように顔をうつむかせた。そして、カウンターによって夫から見えない腰は大胆に振りたてていた。

またしても義父によって穢されてしまった。いつになったら許してもらえるのだろう。いったい、どこまで辱《はずかし》めれば気が済むのだろう。

心では抗っているのに、身体は感じてしまう。終わりの見えない快楽地獄が、里美の精神を少しずつ確実に追い詰めていた。

3

夕食後、里美は紀之を風呂に入るようにうながした。

昇り詰めた後もバイブのオンオフを繰り返されて、もうどうにかなってしまいそうだった。義父は知らん顔をしながら、食卓の下でリモコンを操作していた。里美が夫にだけは醜態を見せまいと、必死に耐える姿を楽しんでいたのだ。

（わたし、どうなってしまうの……）

夫がバスルームに消えると、急に心細くなった。紀之は長風呂なので、しばらくは義父と二人きりということになる。

里美は夫が出ていったリビングのドアの前に立ち尽くし、身動きができなくなっていた。バイブで膣を散々掻きまわされて、下半身に力が入らなくなっている。極端な内股になり、両腕で自分の身体を抱き締めていた。

バイブの振動はとまっているが、性感を延々と刺激されたことで、全身が痺れたようになっている。体温もあがっているらしく、擦り合わせている内腿がしっとりと汗ばんでいた。

「そろそろ我慢できなくなってきたんじゃないか？」

久志が背後から迫り、耳もとで囁いてくる。両肩に手のひらを乗せて、背中にぴったりと張りついてきた。

「あっ……」

フレアスカートのヒップに、硬い物が押し当てられている。義父の逸物が、スラックスのなかで逞しくなっていた。

「も、もう……」

里美はうつむいて小さく首を振った。深い悲しみのなか、なんとか言葉を紡《つむ》いでいく。双眸《そうぼう》からは涙が溢れだして、静かに頬を伝い落ちた。

「もう、許してください……うっぅぅっ」

最後のほうは嗚咽《おえつ》に変わってしまう。

自分が自分でなくなっていく気がする。夫の前でも嬲られて、声を押し殺しながら昇り詰めてしまうなんて……。

「これ以上は耐えられません。もう紀之さんを裏切りたくないんです」

「黙ってればわからないさ。里美さんとわたしだけの秘密にすればいい」

久志は悪びれた様子もなく、セーターの肩を撫でまわしてくる。そうしながら、硬くなった股間をグイッとヒップに押しつけてきた。

「どうしても、やめていただけないのなら……わたし、この家を出ます」

前々から考えていたことを口にする。一度言った以上は取り消せない、悲壮な決意だった。

もちろん、本心では紀之と別れたくない。心から愛しているのは夫だけだ。たとえ生まれ変わったとしても、いっしょになりたいと思っている。だからこそ、偽《いつわ》りの夫婦を演じつづけることはできなかった。

「ほう、おもしろいことを言うじゃないか」

耳もとで囁く声がねちっこくなる。里美の覚悟を知っても、まったく怯《ひる》むことはなく、それどころか逆に火がついたようだった。

「出ていくなら、その理由を紀之に教えないとな。本当のことを紀之に知られてもいいのか？」

肩に置かれていた手のひらが、ゆっくりと二の腕にさがってくる。さらに手首へと滑り降りてきた。

「これまでのことを知ったら、きっとショックを受けるだろうな」

「そ、そんな……」

両腕を背後にひねりあげられる。腰のあたりで手首を重ね合わせて、しっかり押さえつけられてしまった。

「うっ……」

嫌な予感がするが、強く抗うことはできない。夫の悲しむ姿を想像すると、それだけで胸が締めつけられた。

「なんなら、今から風呂場に行って、あいつに打ち明けようか。里美さんがどんなにいやらしいことをしてきたのか。どれほどあいつを裏切ってきたのか」

「や、やめてください……」

自分の嫁が、実の父親や弟夫婦とセックスしていたなんて知ったら、真面目な夫は激しいショックを受けるに違いない。家族全員から裏切られたことで、きっと精神的におかしくなってしまうだろう。夫のことを思うと出ていくのを躊躇してしまう。もう里美に唯一できるのは、弱々しい声でつぶやくことだけだった。

「これ以上……裏切りたくないんです」

「なかったことにはできないよ。里美さんだって、わたしのチ×ポで何度もイキまくったじゃないか」

「い、いやです」

下劣な言葉で揶揄《やゆ》されると、堕《お》ちるところまで堕ちてしまったことを実感させられる。もはや抗う気力もなくうなだれると、手首になにかを巻きつけられた。

「な……なに？」

はっとして背後を振り返る。すると、スラックスから引き抜いたベルトで、手首を縛られているところだった。

「ああっ、やめて」

「動くんじゃない。紀之に知られたくないだろう？」

それは脅し文句以外の何物でもない。里美の抵抗力を根こそぎ奪う、卑劣極まりない言葉だった。

「こ、こんなのって、あんまりです」

結局どうすることもできず、革製のベルトで後ろ手に縛りあげられた。

腕に力をこめてみるが、手首の皮膚にベルトが食いこむだけでびくともしない。完全に自由を奪われたことを実感して、ますます心が恐怖に凍りついた。

「そんなことを言いながら、本当は興奮してるんだろう。里美さんは苛《いじ》められるのが好きだからな。もう全部わかってるんだよ」

久志が肩に手をまわしてくる。強引に歩かされて、ソファの前に敷かれた毛足の長い絨毯の上に導かれた。歩を進めることで膣内に埋めこまれたバイブが蠢《うごめ》き、過敏になった襞を擦りまくった。

「ンンっ……い、いやぁ」

甘い痺れがひろがり、股間から大量の蜜が溢れだす。すでにバイブの柄とパンティはぐっしょりと濡れていた。

「しゃがむんだ」

肩を押さえつけられて、絨毯の上にひざまずかされる。両腕を縛られたうえに、抗う気力がすっかり萎えていた。

久志がスラックスとトランクスを一気におろして、いきり勃《た》ったペニスを剝きだしにする。まるでバネ仕掛けのように、ビイインッと勢いよく飛びだした。

「ひっ！」

反射的に顔を背けるが、威容は一瞬で網膜に焼きついてしまう。バイブで長時間嬲られたせいか、おぞましいのにペニスが気になって仕方がない。我慢できずに恐るおそる視線を向けると、逞しすぎる陰茎がそそり勃っていた。

「あぁ……」

「ふふっ、好きなだけ見ていいぞ」

久志が目の前で仁王立ちして、股間を突きだしてくる。男根は野太く漲《みなぎ》り、先端から透明な汁を溢れさせていた。

「こいつが欲しくなったんだろう」

腰を揺らすことで、肉柱も大きく首を振る。パンパンに張り詰めた亀頭は先走り液で濡れ光り、生臭い悪臭を撒《ま》き散らしていた。

「はぁ……いやです」

気色悪いと思っているのに、密かに匂いを嗅いでしまう。肺いっぱいに男根の香りを吸いこみ、バイブが刺さった股間を疼かせた。

「しゃぶるんだ」

久志が短い言葉で命じてくる。静かな声だが、有無を言わせぬ迫力があった。

「む、無理です……紀之さんが……」

掠れた声でつぶやくが、男根から視線を離せなくなっていた。

この巨大なペニスで貫かれる快感を、身体がすっかり覚えこんでいる。どんなに嫌っていても、肉の愉悦を忘れることはできなかった。

「早くしないと、紀之が風呂からあがってくるぞ」

義父の声が頭のなかで反響する。拒絶すべきだとわかっているのに、なぜかそれができなかった。

(ダメよ、絶対にダメ)

心のなかで繰り返すが、身体は熱く火照《ほて》りだしていた。

膣にバイブを埋めこまれて、両腕を背後で縛られている。義父からはすでに何度も犯されており、夫とは比べ物にならない絶頂も味わわされていた。

(わたし、やっぱり……もう……)

下腹部から肉欲が湧きあがってくる。

いけないと思っているのに、どうしても抗えない。気持ちとは裏腹に、目の前に突きつけられた男根に唇を寄せてしまう。カウパー汁で濡れそぼった亀頭にそっと口づけすると、それだけで身震いするような快感がひろがった。

「ああっ、いやなのに……」

湿った感触が気色悪くて、思わず肩をすくめた。

「本当はやりたいんだろう? しゃぶって気持ちよくするんだ」

淡々とした声で命令される。里美は亀頭にキスをすると、ゆっくり唇を開いて肉塊の表面を滑らせた。

「はむううっ」

口内に迎え入れた途端、むっとする匂いがひろがり鼻に抜けていく。

脳髄がざわつくような刺激臭が、本能に訴えかけてくる。たまらず唇を窄めて太幹に密着させると、さらに男根を呑みこんでいった。

（こんなことするなんて……最低だわ）

里美は胸のうちで自虐的につぶやいた。

夫が風呂に入っている間に、義父のペニスを咥えている。裏切りたくないと思っているのに、またしても不貞行為に走ってしまった。男根をしゃぶりながら、意志の弱い自分を責めたてた。

「その調子で根元まで咥えるんだ」

頭上から義父の声が聞こえてくる。神経を逆撫でする声だが、なぜか命じられるたびにバイブを挿入された膣の感度があがっていた。

「ンンっ……はむンンっ」

すっかり口内に収めると、亀頭が喉の奥まで到達する。息苦しさに襲われるが、吐きだそうとは思わない。こうして奉仕をすることで、股間の火照りがさらに大きくなっていた。

「ようし、今度は首を振るんだ。唇でチ×ポを擦って気持ちよくするんだぞ」

「ンっ……ンっ……」

もうじっとしていられなかった。ゆっくりと首を振り、唇で太幹を擦りあげる。それと同時に舌を使い、亀頭を飴玉のように舐めまわした。

「ずいぶん気分を出してるじゃないか」

揶揄されても、もうやめることはできない。男根を頬張ることで、なおさらバイブの存在を意識してしまう。膣が勝手に締まって、新鮮な愛蜜が分泌された。

「せっかくだから動かしてやるか」

久志は手のなかに隠し持っていた黒い小さな箱を見せつけてくる。どうやら、それがバイブのリモコンらしい。スイッチを操作した途端、蜜壷全体にブルブルと小刻みな振動が伝わってきた。

「ンふううっ！」

ペニスを咥えたまま、喉の奥で呻き声をあげてしまう。鮮烈な快感が突き抜けて、無意識のうちに腰をくねらせていた。

「感じてばかりいないで、しっかりしゃぶるんだぞ」

うながされて首振りを再開する。唇で締めつけつつ舌も使い、スローペースで男根を出し入れした。

「むふっ……ンふっ……はむぅっ」

唾液をまぶすことで滑りがよくなり、首の振り方がスムーズになる。手を縛られているため、口と舌だけで男根を刺激しつづけた。

「うむむっ、上手いじゃないか」

頭上から義父の声が聞こえてくる。里美の口唇奉仕で感じて、快楽の呻きを漏らしていた。

(ああっ、紀之さん、許して……)

唇をスライドさせることで、背徳的な気分が増幅していく。

義父のペニスをしゃぶりながら、バイブの振動で愛蜜を垂れ流している。快感が大きくなるにつれて、自然と首振りのスピードがあがっていった。

「激しいな。口に出してもいいのか？」

久志が語りかけてくる。男根はこれでもかと張り詰めて、大量の我慢汁を湧出《ゆうしゅつ》していた。義父が感じているのは明らかで、牡の匂いがますます濃厚になっていく。牝の本能を掻きたてる魅惑の香りだった。

「挿れたいんだろう？」

意地の悪い質問を浴びせかけられる。里美が発情していることを見抜いたうえで、あえて尋ねてきたに違いない。久志が腰を引いたことで、ペニスが唇からヌルッと抜けて跳ねあがった。

「あっ……」

鼻先で揺れる巨大な亀頭を、思わず目で追ってしまう。唾液と先走り液にまみれた亀頭が、艶《なま》めかしくヌメ光っていた。

「物欲しそうな目になってるぞ」

久志がからかいの言葉をかけながら、リモコンを操作してバイブをオフにする。口もとに薄笑いを浮かべて、勃起をこれ見よがしに揺らしていた。

「そ……そんなはず……」

掠れた声でつぶやくが、強く否定することはできない。バイブを埋めこまれた股間が熱を持ち、マグマのようにドロドロになっていた。

（ああっ、もう……わたし……）

自分で自分の身体の反応が信じられなかった。

理性の力で欲望を抑えこもうとするが、肉体の疼きをとめることはできない。もはや頭のなかまで熱くなり、軽い目眩《めまい》さえ覚えていた。

それでも、発情していることを認めるわけにはいかない。里美は下唇を噛んで、顔を背けた。

「なかなか強情だな。まあいい、そのうち自分から欲しがるようになる」

久志はふっと鼻を鳴らすと、里美の身体に手をかけて立ちあがらせる。そして、フレアスカートのファスナーをおろして、強引に脱がしてしまった。

「い、いやです」

腰をくねらせて抗議するが、スカートを返してもらえるはずがない。里美は内腿を擦り合わせると、無意識のうちに腰を引いて前屈みになった。

上半身はセーターを着ているのに、下半身に纏《まと》っているのはパンティだけという恥ずかしい格好だ。しかも、バイブを挿れられているので、股間の布地が不自然に膨らんでいた。

「ぐっしょりじゃないか。いやらしい匂いもしてるぞ」

義父の指がパンティのウエストにかかり、ゆっくりとおろされていく。後ろ手に拘束されている里美に抗う術はない。くねくねと腰をよじるが阻止できるはずもなく、あっさり脱がされてしまった。

「見ないで、ああっ、見ないでください」

生い茂る陰毛の下は、大量に溢れた愛蜜で濡れている。蜜壺に深く埋めこまれたバイブの柄が、陰唇の狭間から飛びだしているのも恥ずかしかった。

「ほほう、バイブまで濡れまくってるぞ」

久志の視線が股間に注がれる。ところが、いつまで経っても触れようとせず、口もとに笑みを浮かべているだけだった。

「の、紀之さんが、お風呂からあがってしまいます」

停滞している状況に耐えられず、里美のほうから話しかけた。

いくら紀之が長風呂でも、そろそろあがってくるのではないか。とにかく、半裸状態では落ち着かなかった。

「早く終わらせたかったら、手を使わずにバイブを抜いてみろ」

「え……そ、そんなこと……」

「下っ腹に力を入れてヒリ出すんだ」

最低の命令をくだすと、久志はソファにふんぞり返る。そして、困惑する里美を眺めて、意地の悪い笑みを浮かべた。

「紀之に見られたくないなら、急いだほうがいいぞ」

「ひ、ひどい……あんまりです」

里美は恨みっぽくつぶやきながらも時間がないことに焦り、脚を肩幅に開いていく。腰を少し引いた情けない格好で、下腹部に力をこめてみた。

「ンンっ……」

「全然動いてないな。もっと力を入れてみろ」

「み、見ないでください……ンンンっ！」

まるで立った状態で用を足しているようで恥ずかしい。それでも、早く終わらせなければ紀之が風呂からあがってしまう。恥じらっている時間はなかった。

背後で縛られた両手を握り締めて、さっきよりガニ股になって全力で下半身を力ませる。すると、股間でヌルリという感触があり、バイブがゆっくり動きはじめた。一度きっかけができれば、あとは意外なほど簡単だった。

「はぁっ……」

にわとりが卵を産み落とすように、股間からバイブが抜けて、絨毯の上にぼとりと落ちた。

「ふふふっ、すっきりしたか？」

久志がさも楽しそうな笑い声を響かせる。その直後、恥辱にまみれて立ち尽くしている里美の腰を抱き寄せた。

「あっ……な、なにを？」

「またがるんだ」

ソファに座っている久志の股間に乗せあげられる。そして、両膝を座面についた騎乗位の体勢を取らされた。

「ちょっ、やめてください」

両手が使えないので逃げられない。陰唇に亀頭を押し当てられて、身体がビクッと反応した。

「急いだほうがいい。あいつは子供の頃から長風呂だが、いい加減あがってくるんじゃないか？」

「そんな……どうしたらいいの？」

「挿れるしかないんだよ。早くわたしをイカせればいいんだ」

くびれた腰を摑まれて、無理やり引き寄せられる。結果として亀頭が陰唇を押し開き、長大なペニスがズブズブと入りこんできた。

「はううッ、お、大きいっ、あああぁッ！」

たっぷりの愛蜜で濡れていたため、いとも簡単に太幹を受け入れてしまう。あっという間に根元まで挿入されて、背筋が大きく仰け反った。

手で支えられないため、自分の体重が股間だけに集中する。結果として男根をより深くまで迎え入れることになり、巨大な亀頭で子宮口を圧迫された。

「あううッ、こ、こんな奥まで……」

快感の小波《さざなみ》が押し寄せる。懸命に耐えようとするが、巨大なペニスの存在感が里美の理性を狂わせようとしていた。

「腰を振るんだ。わたしがイクまで終わらないぞ」

「で、できません……」

自分から動くことなどできるはずがなかった。ところが、真下から男根を突きあげられると、瞬く間に理性がぐんにゃりと歪んでいく。

「あううッ、ダ、ダメっ……あッ……あッ」

気づいたときには腰が勝手に動きだしていた。

股間をぴったり密着させて、前後に大きく揺らす。太幹が出入りを繰り返し、張りだしたカリが膣壁を削るように擦りあげる。徐々にスピードがあがり、望まない快感の炎が大きくなった。

「あッ、ああッ……ど、どうして？」

「さては、気持ちよくなってきたんだな」

「そ、そんなはず……はああッ」

腰の動きがとまらない。無理やり動かされているのではなく、身体が勝手に動いて男根を貪《むさぼ》っていた。

「ダ、ダメっ、あああッ、ダメなのに」

「そんなこと言いながら、わたしのチ×ポを思いきり締めつけてるじゃないか」

久志がセーターをまくりあげて、ブラジャーも押しあげてしまう。白くて大きな乳房がまろび出ると、すかさず手のひらをあてがって揉みしだかれる。すると、ピンクの乳首があっという間に尖り勃った。

「はンンっ、いやぁっ」

「いやらしい身体だ。こうしてほしいのか？」

指の股に乳首を挟みこんで、双つの柔肉を好き放題に揉まれてしまう。乳首からひろがる快感の波と、股間からひろがる快感の波がぶつかり、ひとつの大きなうねりとなって全身を包みこんだ。

「あああッ、そんなっ、あああああッ」

頭のなかが真っ白で、もうなにも考えられなくなる。腰をクイクイとしゃくりあげて、義父の男根を貪りつづけた。

「おおっ、その調子だ。紀之よりも、わたしのチ×ポのほうがいいだろう？」

久志が問いかけてくるが、里美は首を振りたくった。

「そ、そんなこと、言えません……あッ、ああッ」

肉体は快感に支配されても、心まで穢されるわけにはいかない。それでも、腰の動きは加速する一方だった。

「あッ……あッ……も、もうっ」

「もうイキそうなんだな……くううッ」

義父の声も苦しげに震えている。絶頂が迫っているのは間違いない。紀之が風呂から戻る前に、なんとしても終わらせなければならなかった。

「お、お願いです、早く……あぁッ、早くイッてくださいっ」

　里美は懇願しながら腰を激しく振りたてる。男根をこれでもかと締めつけて、自分も一気に昂《たか》まっていく。

「おおおッ、いいぞ、おおおおッ」

「ああッ、もうっ、あああッ、もうダメっ」

　乳首を摘まれる刺激もたまらない。義父をイカそうとしているのか、それとも自分がイキたいだけなのかわからなくなってくる。ひたすらに腰を振りたてて、次々と湧きあがってくるどす黒い快楽に身をまかせた。

「あああッ、お、お義父さん、早くっ、ああああッ」

「こ、この締まり、ぬううッ、出すぞっ、おおッ、ぬおおおおおッ！」

　ついに久志が乳房を握り締めながら、腰をグイッと突きあげる。膣内に深く抉りこんだペニスが跳ねまわり、大量の精液を噴きあげた。

「はあああッ、い、い、いいっ、あああッ、イクっ、イクイクううッ！」

　里美は快楽の奔流に呑みこまれて、オルガスムスの嬌声を迸らせる。腰をしつこく振りたくり、最後の一滴まで絞りだした。

　背徳感がスパイスとなり、快感は極上のアクメへと昇華する。全身がバラバラになりそうな、この世のものとは思えないほどの絶頂だった。

（ああ、わたし……また……）

膣内を灼きつくされながら、頭の片隅では夫のことを考えている。

またひとつ、秘密が増えてしまった。いったい何度、愛する人を裏切れば許してもらえるのだろう。

汚辱の涙をはらはらと流しながらも、腰の動きをとめることはできなかった。

第五章　快楽調教の果てに

1

「うん、美味い！」

紀之はオニオンスープをひと口飲むと、満面の笑みで大きく頷いた。

ブルーのパジャマ姿で髪には寝癖がついているが、表情はいつになく明るい。トーストを囓っても、目玉焼きを食べても、「美味い」を連発した。

「おっ、今朝のコーヒーは一段とコクがあるね」

豆を新しくしたわけでもなく、挽き方を変えたわけでもない。毎朝飲んでいるコーヒーとまったく同じだった。

「里美の料理はいつ食べても最高だよ」

いつにも増して、過剰なまでに褒めちぎってくる。明らかに様子が違っていた。

「もう、紀之さん……」

里美は困惑を胸の奥に押し隠して微笑を浮かべる。ところが、不安は膨れあがる一方だった。

(もしかして……)

マグカップを食卓に戻して、隣に座る夫の横顔をさりげなく見やった。

ここのところ、気を遣うような発言が増えていた。自分では自然体を装っているつもりでも、どこか様子がおかしいのかもしれない。まさか、義父との関係を疑われているわけではないと思うが……。

正面にチラリと視線を向けると、久志が何食わぬ顔で食事をしていた。

義父の前にあるのは、鯖の塩焼きとわかめの味噌汁だ。ゆったりと食事を摂っているが、神経がこちらに向いているのは間違いない。里美にできるのは、普段どおりに振る舞うことだけだった。

穏やかな仮面の下には、サディスティックな素顔が隠されている。

三日前、夫が風呂に入っている隙に、ベルトで後ろ手に縛りあげられた上で嬲《なぶ》られた。心では抗っていたのに、騎乗位で貫かれて理性が飛んでしまった。気づいたときには、快楽に溺れて腰を振りたくっていた。

あれから何度も犯されている。

夫が仕事に出かけると、決まって義父はすぐに迫ってきた。洗い物があると言って断っても、キッチンで後ろから犯されてしまう。リビングのソファはもちろん、食卓に手をついた状態で、バックから挿入されたこともあった。

（それに、今も……）

蜜壺に極太のディルドウを挿入されて、パンティで押さえられていた。

電動ではなくシリコン製の張形《はりがた》だが、なにしろサイズが大きかった。ヌメ光る肌色が気色悪く、太さも長さも義父の逸物を上回っている。本物のペニスより柔らかいので痛みはないが、歩くと猛烈に膣壁が擦れてしまう。

「ン……」

こうしている間も下腹部がジーンと痺れていた。

あまりにも巨大すぎて、時間が経っても慣れることはない。じっとしているのに、常に異物感がつきまとっていた。

今朝、久志は早起きしてくると、このディルドウを挿《い》れて食事の準備をするように命じてきた。これまでのことを洗いざらい紀之に告白すると脅されれば、里美は黙って従うしかなかった。

（こんなこと、もし知られてしまったら……）

要求に応じるたび、夫に言えない秘密が増えていく。自分の首を絞める結果になるとわかっていても、もう抗うことはできない。蟻《あり》地獄のように、ずるずると深みに引きずりこまれていた。

「どうして食べないの？」

ふいに紀之が尋ねてくる。何気ない振りを装っているが、どこか探るような目つきになっていた。

「えっと……」

思わず言い淀《よど》んでしまう。里美の前にあるのは、コーヒーが入ったマグカップだけだ。ディルドウを挿れられた状態ではまったく食欲が湧かず、自分の朝食を作る気がしなかった。

「どこか具合でも悪いのかい？」

「そ、そういうわけじゃ……」

なにも食べなければ、夫が心配するに決まっている。そのことに考えが及ばないほど、心身ともに疲弊《ひへい》していた。ディルドウで膣壁を擦られる刺激が、思考を鈍らせているようだった。

「なにかあったら、無理をしないですぐに言うんだよ」

紀之のまっすぐな気持ちが、すっと胸に入りこんでくる。

義父との関係に気づいたりはしていないようだ。妻の不貞を疑うことなどなく、体調を気遣ってくれていた。

（ごめんなさい……）

涙腺《るいせん》が緩みそうになり、慌ててぐっとこらえる。やさしさを感じるだけに、秘密を抱えていることがつらかった。

「里美さん、ダイエットもほどほどにしないと」

突然、久志が口を挟んできた。

箸を持つ手をとめて、真正面から見つめてくる。なにを考えているのか、ブラウスの胸の膨らみに視線を這いまわらせてきた。

（や、やだ……）

里美は射すくめられたように身を硬くする。

なにも言えずにうつむくと、食卓の下で久志が足を伸ばしてきた。つま先でフレアスカートをまくりあげて、強引に膝を割ろうとしてくる。こらえようとするが、下肢に力をこめるとディルドウまで締めつけることになってしまう。

「はうっ」

甘い刺激がひろがり怯んだ隙に、つま先が膝の間に入りこんできた。すでに下半身が痺れたようになっており、拒みつづけることができなかった。

「そうか、ダイエットしてたんだ？」

「え……ええ……」

夫の問いかけに、なんとか平静を取り繕って返答する。そうしている間にも、義父のつま先が内腿をくすぐり、股間へと迫っていた。

「里美はダイエットなんてする必要ないよ」

「で、でも……」

受け答えしながらも、下半身が気になって仕方がない。思わず正面に座る義父を見やると、紀之も釣られて視線を向けた。

「父さんもそう思うよね？」

「うむ、無理に痩せる必要はないな。理想的な体型だと思うよ」

久志は食卓の下で悪戯を仕掛けながらも、平然とした顔で会話をしている。紀之はまったく気づかないばかりか、嬉しそうに笑っていた。

「まるで裸を見たような言い方するね。まあ、確かに理想的だけどね」

「もう、なに言ってるの？」

再び夫の視線を感じて、里美は頬を引きつらせながら懸命に微笑んだ。

(ああっ、いや、やめてください)

心のなかでつぶやいた直後、パンティの船底に義父のつま先が到達した。

ちょうどディルドウの柄で膨らんだ部分だ。そっと押されて、シリコン製の亀頭が膣の奥まで入りこんできた。

「ンぅっ……」

目の前で火花が飛び散り、こらえきれない呻きが漏れる。内側に溜まっていた愛蜜が、ディルドウと膣口の隙間からクチュッと溢れだすのがわかった。

「なんか言った？」

コーヒーを飲もうとした紀之が首を傾げた。

「な……なにも……」

掠れた声でつぶやき、誤魔化そうとする。マグカップに手を伸ばし、顔を隠すように口をつけた。

「やっぱり具合が悪そうだよ。この間の風邪が尾を引いてるんじゃないか？」

「だ、大丈夫……ンっ」

夫と話しているのに、久志はつま先でディルドウを圧迫してくる。逃げも隠れもできず、ただ弄ばれるしかない。シリコン製の亀頭は奥まで入ってきても、膣の圧力で自然と押し出される。そのたびに再び挿入されるので、結果として緩く抽送しているような状態だった。

「うっ……ンっ……」

「横になるかい？」

紀之がしきりに声をかけてくれる。心配してもらえるのは嬉しいが、今は放っておいてほしかった。

(紀之さんにだけは……)

愛する人に、ふしだらな女と思われたくない。義父が執拗にディルドウを押しこんでくるが、里美は夫の前で必死に耐えようとしていた。

「は、早く食べないと……時間が……」

「おっ、もうこんな時間か、遅刻しちゃうな」

紀之は慌ててトーストの残りを口に放りこみ、オニオンスープで流しこんだ。

「里美さんは真面目すぎるんだよ。休むときは休まないと」

久志はつま先を器用に使いながら、いけしゃあしゃあと話しかけてくる。心配している振りをしているが、目の奥には嗜虐的な炎が宿っていた。

「くっ……ンぅっ」

「疲れが溜まってるんだろう。たまには肩から力を抜いて、羽を伸ばしてもいいと思うけどな」

口ではもっともらしいことを言っているが、久志は食卓の下で卑猥な悪戯を繰り返している。息子の嫁におぞましい淫具を挿入して、つま先で弄んでいるのだ。

「ほ、本当に……も、もう……」

もう誤魔化すことが困難になりつつある。大声で泣き喚《わめ》き、淫らな嬌声をあげてしまいそうだ。

(ダメっ、もうダメっ、声が出ちゃう)

下唇を強く嚙み、義父の足を内腿で挟みこむ。すると、その拍子にディルドウがさらに奥まで押しこまれた。

「ンンンっ！」

膣奥を抉られて、鮮烈な快感がひろがった。

(ああッ、そんなに強く、あああッ、ほ、本当に、もうっ……)

夫が隣にいるにもかかわらず、ディルドウの刺激には耐えられない。危うく昇り詰めそうになったとき、義父のつま先がすっと後退した。

大量の愛蜜が溢れだし、パンティにじんわりと染みこんでいく。腰から下は小刻みに震えて、狂おしいほどに絶頂を求めていた。

(わたし、もう……)

ここまで穢《けが》されてしまったら、もう元の夫婦には戻れないのかもしれない。それでも、夫のことを想いつづけて懸命に平静を装った。

「じつは、今日も帰りが遅くなりそうなんだ」

紀之はコーヒーを飲み干すと、言いにくそうに切りだした。

「悪いんだけど、どうしても外せない接待があるんだよ」

「き、気にしないで……お仕事、だから……」

「朝帰りになるかもしれないから、先に寝ててほしいんだ。風邪がぶり返したら大変だからね」

「は……い……」

心のなかではアクメを求めながら、消え入りそうな声で返事をする。すると、またしても義父が口を挟んできた。

「わたしが責任を持って寝かしつけよう。紀之は仕事に集中したらいい」

「じゃあ、父さん、悪いけど頼むよ」

「うむ、まかせておけ」

久志は大きく頷くと、里美を見てニヤリと笑った。

(い、いや……)

まるで冷水を浴びせかけられたように背筋が寒くなる。

紀之は今日も帰宅が遅くなるという。ということは、また義父と二人きりの夜を過ごさなければならない。

(きっと……今夜も……)

夜通し嬲られるに違いない。

義父の手により、ねちっこく責められるのだ。

嫌で嫌でたまらない。できることなら、逃げだしてしまいたい。

それなのに、心の片隅では期待している。義父から与えられる肉の愉悦を、身体はすっかり覚えこんでいた。

(わたし……欲しがってる)

そんな自分の気持ちが許せない。

泣き叫びたいほどの自己嫌悪に陥りながらも、蜜壺に埋めこまれたディルドウをキュウッと締めつけていた。

2

窓から差しこむ夕日が、リビングを燃えるようなオレンジ色に染めていた。

この日、里美はなにも手につかなかった。

巨大なディルドウで、常に性感を刺激されている。なにもしなくても圧迫感に襲われており、少しでも動けば膣壁を擦られてしまう。家事などできるはずもなく、一日のほとんどをソファの上で悶々《もんもん》としながら過ごしてしまった。

ディルドウを抜くなと命じられたが、監視されているわけではない。義父はいつもどおり、書斎に籠もって仕事をしていた。

（お、お義父《とう》さん……どうして、こんなに苛めるんですか？）

ソファの背もたれに体重を預けて、疼く股間を持て余している。ディルドウを思いきり抜き差ししたい衝動に駆られるが、ぎりぎりのところで耐えていた。自分の手でオナニーするより、義父に嬲られたほうが、ずっと気持ちいいと知っているから……。

（ああっ、わざと焦らしてるのね）

双眸から大粒の涙が溢れだす。

もう我慢できない。ディルドウを挿れたままで過ごしたことで、恐ろしく長い前戯を施されたのと同じ状態だ。蜜壷はトロトロに潤んでおり、強い刺激を狂おしいほどに欲していた。

「わたし……も、もう……」

ついに右手が股間に伸びてしまう。

躊躇《ちゅうちょ》しながらもタイトスカートを摑み、じりじりと引きあげていく。無駄毛のない白い腟が覗き、さらにツルリとした膝が露出する。自分がしようとしていることを考えただけで、膣奥から愛蜜がクチュッと分泌された。

「はあ……ほ、欲しい」

脳裏に浮かんだのは、夫ではなく義父のペニスだった。

そのことが里美をますます苦しめる。愛しているのは紀之だけだが、肉体が欲しているのは久志の巨大な逸物だ。里美の身体をここまで開発したのは、あの黒光りする逞しい男根だった。

（こんなに、はしたない女だったなんて……）

もう自分を誤魔化すことはできない。淫らな欲望が下腹部の奥で疼いていた。夫に言えない秘密を抱えていると思うと、涙腺が緩みそうになる。それでも、潤みきった媚肉は、甘い刺激を求めていた。

たくしあげたスカートの裾から、むっちりとした太腿が見えてくる。極太のディルドウを出し入れしたら、瞬く間に昇り詰めてしまうだろう。

（ああ、早く……）

甘美なる瞬間を想像すると、蜜壺が勝手にヒクついた。

スカートをさらに引きあげる。ディルドウを押さえている純白のパンティは、大量の愛蜜でぐっしょりと濡れていた。

（お義父さんが、わたしをこんなふうに……）

心のなかでつぶやき、現実を忘れるように睫毛を伏せていく。

発情した牝の匂いに誘われて、震える指を股間にそろそろと伸ばす。そのとき、リビングのドアが開き、久志が入ってきた。

「なにをしている」

抑揚のない声だった。

唇の端をいやらしく吊りあげて、ゆっくりと歩み寄ってくる。まるでリビングにいる里美をずっと観察していて、オナニーするのを見計らっていたようなタイミングだった。

「お……お義父さん……」

里美は慌ててめくれあがっていたスカートを直すと、無意識のうちに媚《こ》びるような瞳を向けていた。

「勝手に抜くなと言っておいたはずだぞ」

ソファの前に立った久志が、威圧的に見おろしてくる。それだけで、里美は畏縮してなにも言えなくなってしまう。義父の目は、窓から差しこむ夕日を受けて異様なほどにギラついていた。

「それとも、オナニーでもしようとしたのか？」

「うっ……」

ストレートな言葉が胸に突き刺さり、思わずおどおどと視線を逸らす。すると、久志は「ふっ」と鼻を鳴らし、里美の手を掴んできた。

「どうやら図星らしいな」

「ち、違うんです……」

「素直になるなら、可愛がってやる」

戸惑う里美に向かって言い放ち、摑んだ手を引っ張った。

「立つんだ」

「あっ……」

強引に立ちあがらされただけで、ディルドウが膣壁を擦りあげる。快感の微弱電流が走り抜けて、危うく腰が砕けそうになった。

「はンンっ」

「しっかり歩くんだ」

久志は軽く声をかけただけで、心配する様子もなく手を引いて歩きはじめた。

「ま、待ってくださ……ああっ」

脚を動かすと、どうしても膣内のディルドウが蠢いてしまう。敏感な膣襞が刺激されて、またしても快感がひろがっていく。

「あっ、ダメ、歩けません」

慌てて訴えるが聞き入れてもらえない。久志はますます歩調を早めて、リビングから廊下に出る。里美を気遣うことなく歩き、引きずるようにしながら階段を昇りはじめた。

「む、無理です……あううっ」

「いいから来るんだ」

「ああっ、擦れて……あンンっ」

歩を進めるたびに膣壁が摩擦されて、身体の奥でクチュクチュという蜜音が響き渡る。快感は大きくなる一方で、歩いているだけで達してしまいそうだ。

「あっ、い、いや、ンンっ」

思わず内股になると、ますます擦れてしまう。だからといって、脚を開き気味にしても、摩擦感が軽減されることはなかった。

「はンっ……はンンっ」

もうまともにしゃべることもできず、必死の思いで義父についていく。

久志はときおり振り返っては、里美が快楽に悶える姿を楽しみながら無理やり歩かせた。

まったく抵抗できず、夫婦の閨房に連れこまれてしまった。

ダブルベッドの前に立たされて、膝をカタカタと震わせている。寒いわけではない。むしろ身体は火照っている。下腹部で燃えあがった官能の炎が全身にひろがり、じっとしていられないほど快楽を欲していた。

「期待してるのか？」

ベッドに腰掛けた久志が、好色そうな目で見つめてくる。スラックスの股間が大きくテントを張っていた。

「どうなんだ。気持ちよくなりたいんだろう？」

静かな声で尋ねられて、里美は小さく首を横に振った。

「イキたいんじゃないのか？　だったら、欲しいですとおねだりしてみろ」

「そ、そんなこと……」

愛蜜が滴るほどパンティを濡らしながら、それでも自ら求める言葉を口にするのは憚《はばか》られた。

越えてはならない最後の一線がある。

何度犯されても、どんなに穢されても、たとえ絶頂に導かれても、望まないことだと自分自身に言い訳してきた。強引に貫かれた結果、意思に反して身体が反応してしまっただけだ。

すべては無理やりされたこと――。

そう思いこむことによって、精神のバランスをぎりぎりのところで保ってきた。夫を裏切りつづける罪悪感を、そうやって誤魔化してきたのだ。

だから、自分から求めることはできない。たとえ一歩手前まで来ていても、その最後の一線だけは、自分の意思で越えるわけにいかなかった。

「どうしたいのか言ってみろ」

久志は手を出そうとせずに、余裕綽々《しゃくしゃく》の態度で尋ねてくる。ただ舐めるような視線を這いまわらせてくるだけだった。

「ああっ……」

膣道が勝手に蠢き、ディルドウをねちねちと食い締める。中途半端な快感ばかりが膨れあがり、たまらず腰をくねらせた。

(どうして……どうして、意地悪するんですか?)

里美は瞳で訴えかけると、血が滲みそうなほど下唇を強く嚙んだ。

すぐに犯されると思っていたのに、ただ見られているだけなんて耐えられない。これでは蛇の生殺しだった。

「どうせ紀之は朝まで帰ってこないんだ。時間はたっぷりあるぞ」

サイドテーブルに飾られている結婚披露宴の写真を見やり、久志がまたしても余裕の態度でつぶやいた。もしかしたら、里美が素直になるまで、指一本触れないつもりなのかもしれない。

(そんな、わたし……ああっ、お願い……)

もう待ちきれない。愛蜜が次から次へと溢れて、膝の震えが大きくなった。

「物欲しそうな目をしてるぞ」

内心を見透かしたような言葉にドキリとする。

「そ、そんなはず……」

否定する声が掠れてしまう。触れられていないのに、久志の粘り気のある視線が愛撫になっていた。

「ふふっ、まあいい。すぐに認めさせてやる」

自信満々に言うと、今度は一転して高圧的な雰囲気になる。いつしか、目の奥には嗜虐的な光が宿っていた。

「服を脱ぐんだ」

声のトーンが一段低くなった。

こうなると、絶対に許してもらえないことを経験上知っている。それに、里美自身の性感も、我慢できないところまで高まっていた。

「裸になってすべてを見せるんだ」

「い、いや……です」

恐ろしくてたまらない。義父の声が頭のなかで反響している。

命令に従わなければ、夫にすべてを打ち明けるとまた脅すのだろう。弱みを握られている以上、どうすることもできなかった。

「せめて……これで最後にしてください」

里美は涙声でつぶやき、ブラウスのボタンに指をかけた。

「それは里美さんしだいだな。わたしを満足させれば、考えてやらなくもない」

のらりくらりとした言葉だが、今はそれに縋るしかない。結局のところ、義父に逆らうことはできないのだから……。

「約束、してください」

ボタンを上から順に外していくと、純白のブラジャーに包まれた胸もとが露わになる。身体が火照っており、乳房の谷間がしっとりと汗ばんでいた。

ブラウスを取り去り、ベッドの上にそっと置く。そして、今度はフレアスカートのファスナーをおろして、足もとにふわりと落とした。

「あぁ……」

思わず小さく喘ぎ、無意識のうちに腰をくねらせる。自分の股間を見おろすと、純白パンティの船底が不自然に膨らんでいた。

(やだ、わたし……こんな格好で……)

極太のディルドウが、確かに深々と突き刺さっている。こんな状態で朝から過ごしていたなんて信じられなかった。

「しっかり咥えこんでるな。こいつはいい眺めだ」

久志が身を乗りだして、股間を見つめてくる。鼻息を荒くしているのに、まだ触れようとしなかった。

「い、いやです……」

羞恥に耐えきれず、両手で股間を覆い隠す。義父の視線を意識すると、ディルドウの存在感がなおのこと大きくなった。

「パンティが濡れて気持ち悪いだろう。下着も全部取って素っ裸になるんだ」

「どこまで辱めれば……ああ、許してください」

涙声でつぶやきながらも、許してもらえないとわかっている。

両手を背中にまわしてホックを外すと、ブラジャーをはね飛ばして量感たっぷりの乳房が溢れだした。

「相変わらず大きいな」

からかうように声をかけられて、里美は半泣きの顔を左右に振った。

身体を見られることで期待感が高まり、ますます発情してしまう。触れてもいないのに乳首が尖り勃《た》ち、ジンジンと痺れていた。そんな淫らな自分の身体が、嫌で嫌でたまらなかった。

「下もだぞ。わかってるよな」

「もう、苛めないで……」

パンティをおろすと、陰毛の下からディルドウの柄が見えてくる。肌色に着色されたシリコンが、たっぷりの愛蜜にまみれてヌメ光っていた。

「脚を開いてよく見せるんだ」

「いや……」

そうつぶやくが、抗えないこともわかっている。首を弱々しく振りながら、脚を肩幅に開いた。

一糸纏わぬ姿になり、義父の視線に晒される。夫にさえ、これほどまじまじと見つめられたことはない。しかも、ディルドウが刺さったふしだらすぎる股間まで、じっくりと観察されていた。

「も、もう……ああっ、もう」

羞恥が大きくなればなるほど、性欲も膨れあがっていく。それなのに、義父はまだ見ているだけだった。

「ベッドにあがるんだ。四つん這いになってみろ」

「は、はい……」

思わず返事をしながらベッドに這いあがる。もう里美の胸のなかにあるのは、ようやく犯してもらえるという安堵の思いだけだった。

義父が背後にまわりこんでくる。ディルドウが刺さった陰唇や、剝きだしになっているであろう肛門を覗かれるのは恥ずかしいが、それよりも早くイカせてもらいたいという気持ちが強かった。

「すごい格好だな。尻の穴から、ぶっといのが刺さったアソコまで丸見えだ。紀之が見たら驚くぞ」

久志は喉の奥でくぐもった笑い声を響かせると、スラックスのポケットからなにかを取り出した。

「今回はコイツで可愛がってやる」

目の前に突きつけられたのは、真珠《しんじゅ》のような玉を十個ほど数珠《じゅず》繋ぎにした不気味な物体だった。

「な……なんですか？」

「アナルパールだよ。マゾっ気のある里美さんなら、きっと悦んでくれると思って買ったんだ」

使い方はわからないが、いかがわしい道具だということは雰囲気でわかる。しかし、ディルドウよりは遥かに細いので、それほどの恐怖は感じなかった。

「まずは愛液をたっぷりまぶして……」

久志はアナルパールという淫具を、ディルドウと陰唇の隙間から溢れている愛蜜に擦りつけてくる。

「あっ、い、いや……ンンっ」

玉のひとつひとつにまぶすように、丁寧に動かされて陰唇が軽く刺激された。思わず腰をよじると、結果としてヒップを振ることになり、真後ろにいる義父を悦ばせてしまう。

「おいおい、これくらいで感じてるのか？」

さも楽しそうに、からかいの言葉を浴びせかけられる。里美は這いつくばった状態で、いやいやと首を振りたてた。

「あひッ！」

その直後、いきなり肛門に触れられて、甲高《かんだか》い声が漏れてしまう。背筋がビクッと反り返り、反射的にディルドウを締めつけた。

「あああッ、そ、そこはダメぇっ」

「ほう、こっちの感度もいいらしいな」

久志はひとり言のようにつぶやき、愛蜜で濡れたアナルパールの先端を、尻穴に押しつけてくる。途端に嫌な予感が押し寄せて腰をよじるが、かまうことなく硬い玉で圧迫された。

「ひッ、い、いやっ、ひいッ」

「ゆっくり挿れてやるから動くなよ。そうら、ひとつ目が入るぞ」

「あひぃッ！」

肛門が内側に押しこまれて、小さな玉がツルンと入りこんだ。凄まじい汚辱感が突き抜けるが、立てつづけに二つ目の玉も挿れられてしまう。まさかあの道具が、こんなふうに使われるものとは思わなかった。

「はううッ、ダ、ダメっ」

「どんどん入るぞ、気持ちいいだろう？」

さらに圧迫されて、あっさり三つ目もねじこまれた。

「はうッ、や、やめてぇっ」

両手でシーツを摑んで訴える。膣に挿入されている極太ディルドウと、肛門に押しこまれたアナルパールの玉が、薄い壁一枚を隔てて擦れ合う。これまで経験したことのない感覚がひろがり、たまらず腰をガクガクと震わせた。

「すごいだろう？　もうイキそうなんじゃないか？」

久志が尻たぶを撫でまわしながら尋ねてくる。そして、アナルパールを握った手に力をこめた。

「ひッ、も、もう無理ですっ」

慌てて背後を振り返るが、義父はまったく聞く耳を持ってくれない。ニヤリと笑いながら、四つ目の玉を押しこんできた。

「はううッ！」

「尻の穴に入ってるのがわかるか？」

尻たぶを揉まれて、意地の悪い質問を投げかけられる。休むことなく五つ目も入りこみ、蜜壺のディルドウと擦れるのがわかった。

「ああッ、いやぁっ、ゆ、許して」

「感じてるくせになにを言ってるんだ。まだ入るだろう？」

さらに挿入されて、肛門の襞が内側に押しこまれた。

「ひああッ、擦れちゃうっ、あああッ」

肛門を嬲られるのはおぞましくてならないが、なぜかアナルパールが入りこむと膣感覚が鮮明になってしまう。

無意識のうちに肛門を締めつけて、蜜壺内のディルドウを食い締めているのかもしれない。いずれにせよ、アナルパールを埋めこまれるたび、望まないどす黒い快感が膨れあがっていた。

「ほうら、まだあるぞ」

「あひッ、ダメっ、ひああッ」

いったい何個の玉が入ったのだろう。下腹部には異物感がひろがり、肛門をひろげられる気色悪い感覚に襲われていた。

「どうだ、尻もたまらないだろう？」

「ぬ……抜いて……ください……」

ゆるゆると首を振り、掠れた声で訴える。

前のめりになり、肘までシーツにつけて尻を高々と掲げる格好になっていた。突っ伏してしまいたいところだが、肛門に埋めこまれたアナルパールがうつ伏せになることを許さない。尻の穴で吊られているような状態だった。

「十個全部入ったぞ。尻とオマ×コ、どっちが気持ちいい？」

久志はディルドウの柄を掴むと、軽く揺さぶってくる。それだけで蜜壺内が掻きまわされて、クチュクチュと湿った音が響き渡った。

「ああッ、そ、それダメっ」

「そんなにいいのか？　じゃあ、これはどうだ？」

今度はアナルパールをゆっくりと引き抜かれた。

「はうッ！」

小さな玉が肛門を通過する感覚がたまらない。肛門の襞が引っ張られて皺が伸び、プルンッという刺激とともに玉が抜けるのがわかった。

「や、やめて……あッ、あッ……ダメっ……あうッ」

卑猥な声をとめられない。アナルパールが後退して、玉が抜けるたびに喘ぎ声が溢れだす。どうしても肛門に力が入り、アナルパールだけではなく、ディルドウまで締めつけていた。

「も、もうダメっ、はあああッ！」

「十個全部抜いたぞ。よくイカなかったな。もう一回やってみるか」

久志も興奮した様子でつぶやき、再び玉をゆっくり押しこんできた。もちろん、ディルドウは深く入ったままで、身体の奥でアナルパールと擦れ合っていく。

「あッ……あッ……ゴリゴリって」

「それがいいんだろう？」

「い、いやっ……いやなのに……はううッ」

認めたくないが、身体が悦んでいるのは事実だ。肛門で感じていると思うと、気が遠くなるほど恥ずかしい。それなのに、ディルドウを咥えこんでいる蜜壺は、これ以上ないくらいに濡れていた。

「今度は耐えられるかな？」

粘着質な声を聞いただけで、義父のにやける顔が見えるようだ。

「玉は全部で十個ある。抜けるたびに、声に出して数えるんだ。いいな」

久志は嬉しそうに命じると、アナルパールをゆっくり引き出しはじめる。さっそく肛門が外側に膨れあがり、ひとつ目の玉が排出された。

「ああッ……ひ、ひとつ」

「いいぞ、その調子だ」

すぐに二つ目が引き抜かれて、頭のなかが一瞬真っ白になった。

「はうッ、ふ、ふたつ……もう……許して」

あと八つもあると思うと耐えられない。四つん這いの苦しい姿勢で、背後を振り返って懇願する。ところが、久志は聞こえていないかのようにアナルパールを引きつづけた。

「あああッ……み、みっつ……む、無理、もう無理です」

双眸から大粒の涙が溢れ出している。成長しつづけるおぞましい感覚を、どう処理すればいいのかわからない。アナルパールがゆっくりと肛門を擦るたび、灼けるような愉悦がひろがった。

「もう限界といった感じだな。仕方ない、一気に抜いてやろう」

恐ろしい言葉が聞こえた直後、制止する間もなく、残りの七つの玉が一気に引き抜かれた。

「ひいいッ、ひあああッ！」

排泄《はいせつ》にも似た妖しい刺激が、四肢の先端まで伝播《でんぱ》する。たまらず裏返った絶叫を響かせた。

「ダ、ダメっ、お尻っ、あああッ、もうっ、もうイッちゃううッ！」

一瞬にして頭のなかが真っ白になる。信じられないことに肛門を嬲られて、我を忘れるほどのアクメに達していた。さらにディルドウを抜き差しされることで高く掲げた尻たぶに痙攣が走り、全身の筋肉が硬直して突っ張った。

「あううッ、ま、また、あああッ、またっ、あぁあああああッ！」

連続で絶頂に達してしまう。大量の愛蜜を滴らせてよがり泣き、極太のディルドウをギリギリと締めつけた。

3

「あぁ……」

里美はベッドの上に突っ伏して、ハアハアと息を切らしていた。

膣に極太ディルドウを挿入された状態で、肛門をアナルパールで嬲られて二度も絶頂に達してしまった。なかば意識が飛びかけて、もう言葉を発する気力も残されていない。気を抜くと深い眠りに落ちてしまいそうだった。

「そんなによかったのか？」

久志の声が聞こえてくる。返事をせずに睫毛を伏せていると、再びアナルパールをねじこまれた。

「はううッ！」

「よかったんだろう？　ちゃんと返事をしないとダメじゃないか」

またしても十個の玉を肛門に埋めこまれて、まるで落雷に打たれたような衝撃が突き抜けた。

「も、もう……許して、これ以上は……」

シーツに頬を押し当てた状態で、なんとか声を絞りだす。これ以上、責められつづけたら、どうにかなってしまいそうだった。

「わたしはまだ気持ちよくなってないんだよ」

久志はディルドウの柄を掴むと、ゆっくり引き抜いていく。ズルッと滑る感覚があり、膣襞が猛烈に擦られた。

「はああっ、い、いやっ」

しゃべる元気もなかったのに、蜜壺を摩擦されて自然と声が溢れだす。尻肉が痙攣するのがわかるが、意思の力でとめることはできなかった。

「もうすぐ抜けるぞ」

「あっ……あっ……」

朝から挿れっぱなしだったディルドウが、ついに蜜壺から抜き取られる。ようやく強烈な圧迫感から解放されて、うつ伏せの裸身に凍えたような震えが走り抜けた。

「はあンっ！」

膣壁を擦られたことで、危うく昇り詰めそうになる。朝からディルドウの刺激を受けつづけて、膣の感度が異常なほどあがっていた。疲労は蓄積しているが、性欲が萎えることはなかった。

「アソコがぽっかり口を開けてるぞ」

久志の声が聞こえて、尻の割れ目に息が吹きかかる。どうやら、顔を近づけて覗きこんでいるらしい。羞恥に襲われて手で覆い隠そうとするが、その前に腰をがっしりと掴まれた。

「……え？」

首だけひねって背後を見やる。その瞬間、里美は双眸を大きく見開いた。

「ま、まさか……」

真後ろに陣取った義父が、いつの間にか全裸になっている。黒光りする男根を隆々とそそり勃たせて、ニヤリと不気味に笑っていた。

「せっかくだから、よく見せてもらうよ」

腰を強引に持ちあげられる。力が入らない上半身はシーツの上に伏せた状態で、尻だけを高く掲げた淫らがましい格好だ。

「ああっ、いやです」

「口を開けてるから奥まで丸見えだ。こんなに濡らして、まだいやがるのか？」

久志は尻たぶを鷲掴みにして、臀裂を割り開いた。

「ほう、内側は一段と綺麗なピンクだな」

後ろから女陰に視線を這いまわらせると、さも楽しそうに声をかけてくる。女を辱めることが快感らしく、言葉でも責めたててきた。

「や、やめて……見ないで……」

絶頂の余韻が色濃く残る身体を、さらに視姦《しかん》されてしまう。惨《みじ》めで屈辱的だが、妖しげな感覚も湧きあがっていた。

「ん？　もう閉じてきたぞ。まあ、開きっぱなしでも困るがな」

名残《なごり》惜しそうに息を吹きかけてくる。その刺激だけで陰唇がヒクつき、自然と腰がくねりだした。

「はンンっ……い、いや」

「いやらしく腰が動いてるじゃないか。我慢できなくなってきたんだろう？」

「そ、そんなこと……」

強く否定することはできなかった。

義父の低い声が背後から降り注いでくる。尻たぶに指を食いこまされるのも刺激的だ。こうなってくると、何度も犯されてきた女の弱みで、嫌でも期待感が高まってしまう。

「尻の穴も、ずいぶん感度がいいみたいだな」

まだ埋めこまれているアナルパールを摑まれて、軽く揺さぶられる。抜き差ししたわけでもないのに、鮮烈な快感がひろがった。

「はああっ……そ、そこは……」

ここまで昂った状態でアナルパールをピストンされたら、瞬く間に昇り詰めてしまう。ところが、義父はそれ以上は肛門を責めずに、勃起したペニスを陰唇にあてがってきた。

「あっ、いやっ……ンンっ」

男根の熱気を感じただけで、愛蜜がトロリと溢れだす。無機質なディルドウとは異なる、確かな肉の熱さが伝わってきた。

久志はすぐに挿入することなく、男根の表面で濡れそぼった陰唇をなぞりあげてくる。この期《ご》に及んで焦らすつもりらしく、恐ろしいほどのスローペースで腰を振っていた。

「こんなにヌルヌルにして、まだ我慢するつもりか？」

「ああっ……」

延々と責められつづけて、肉唇はぽってりと充血している。そこを硬くて熱いペニスで擦られると、中途半端な快感が膨らんでいく。膣のなかがうねりだし、新たな蜜が次から次へと溢れだした。

「お、また濡れてきたな」

「あっ……あンンっ」

喘ぎ声を抑えることができない。全身が性感帯になったようで、どこに触れられても感じてしまう。くびれた腰を指先でなぞられただけでも、たまらない刺激が襲ってきた。

「はあっ、や、やめてください」

「本当にやめてもいいのか？」

久志は含み笑いとともに尋ねてくる。里美の性感が極限まで昂っていることを見抜いたうえで、とどめを刺さずに言葉で責めたてていた。

「ほうら、こうすると気持ちいいだろう？」

「い、いやです……はあっ」

硬くなって愛蜜にまみれたクリトリスも、勃起した肉柱で摩擦される。ゆったりとした動きが焦燥感を掻きたてて、胸のうちで燻る欲望を煽られた。

「どうして、こんなに濡らしてるんだ？」

「い、言わないでください……ああっ」

もうどうすればいいのかわからない。両手でシーツを握り締め、高く掲げたヒップを左右に揺らす。アナルパールを埋めこまれた肛門もジンジンと痺れており、妖しげな愉悦を生みだしていた。

「も、もう……はああっ、もう苛めないでください」

快感がどこまでも膨らんでいくのに、決して昇り詰めることはできない。遠火でじっくり炙《あぶ》られるような刺激が、延々とつづいていた。

(紀之さん……わたし、もう……)

夫の顔を思い浮かべると、双眸から涙が溢れだして頬を濡らす。

肉の悦びを教えこまれた身体は、これ以上の焦らし責めに耐えられそうにない。夫を裏切りたくないという想いとは裏腹に、目も眩《くら》むようなアクメを欲して、全身のうぶ毛が逆立つほど興奮していた。

「こ、こんなのって……あンンっ」

どんなに心で抗っても、身体はより強い刺激を求めている。里美の肉唇にあてがっている肉柱が入ってしまいそうになると、義父はすかさず腰を引いてしまう。そして、再び男根の表面をぴったりと押しつけてきた。

「あンっ、そ、そんな……」

「欲しいのか？　コイツを挿れたら、すぐに天国に行けるぞ」

久志は自身も昂っているはずなのに、驚異的な忍耐力を発揮して嬲ってくる。硬い肉柱の表面で、飽きることなく肉唇を擦りつづけた。

「あっ……あっ……」

「欲しかったら、自分で挿れるんだ」

非情な言葉の直後、ペニスの先端を陰唇の狭間にあてがわれる。反射的に身構えるが、膣口を小突きまわすだけで挿入されることはない。徹底的に焦らし抜かれた肉体は燃えあがり、理性も蕩《とろ》けてしまいそうだった。

「あううっ、ゆ、許してください」

「欲しくないのか？」

久志が軽く腰を揺すり、ペニスの先端で膣口を刺激してくる。愛蜜まみれの肉唇がクチュクチュと卑猥な音を響かせた。

「わ、わたし……も、もう……」

「素直になるんだ。尻を押しつけるだけで、気持ちよくなれるんだぞ」

尻たぶを撫でまわされて、悪魔の言葉を囁かれる。さらに肛門に埋めこまれたアナルパールをねじって刺激されると、強く閉じた瞼《まぶた》の裏が真っ赤に染まった。

「が、我慢できない……ほ、欲しいのっ……あッ、あああッ！」

ついに自らの意思でヒップを突きだしていく。膣口にあてがわれたペニスが突き刺さり、たまらず背筋が仰け反った。

「はあッ、は、入っちゃ……あああッ」

たっぷりの華蜜で潤んだ媚肉を、巨大な亀頭が掻きわける。ズブズブと嵌りこんでくるのが心地よくて、里美は尻肉を震わせながら激しく押しつけた。

「ああンッ！」

「おおっ、全部入ったぞ」

久志の呻き声が聞こえてくる。こみあげてくる快感をこらえているのか、息遣いが若干荒くなっていた。

「自分で挿れた気分はどうだ？」

「い、いやです……あああぁッ！」

ヒップを抱えこまれて、子宮口を強く圧迫される。たまらず腰を激しくよじり、よがり声を迸らせた。

(紀之さん、わたし自分から……ああっ、ごめんなさい)

バックで深々と繋がってしまった。

心のなかで夫に謝罪するが、悦びを感じているのも事実だ。焦らされつづけた肉体は、得も言われぬ快楽に包まれていた。

そのとき、里美の携帯電話の着信音が響き渡った。

（あっ、この音……）

ベッドの隅に脱ぎ捨ててあるブラウスから聞こえてくる。久志が手を伸ばして胸ポケットを探り、勝手に携帯電話を取りだした。

「ふっ、タイミングよくかけてきたな」

液晶画面を見せつけられる。そこには「紀之さん」の文字が表示されていた。

途端に罪悪感がひろがり、胸を強く締めつけられる。もし、こんな姿を見られてしまったら、夫はどう思うだろう。怒りだすのか、悲しむのか、それとも呆れ果ててしまうのか。いずれにせよ、夫婦の関係が完全に壊れるのは間違いなかった。

「出てみるか？」

「む、無理です……」

首をゆるゆると振ったとき、着信音がプツリと途切れた。

義父の含み笑いが神経を逆撫でする。夫に愛想を尽かされたような気持ちになり、大粒の涙がポロポロと溢れだした。

（もう、わたし……）

夫にだけは知られないようにと、これまで隠すのに必死だった。

しかし、不貞を働いた時点で、妻である資格を失っていたのではないか。そのことに、今さらながら気づかされて愕然《がくぜん》とした。

もう紀之とは釣り合わない女になってしまった。それならば、やせ我慢をする必要はないのかもしれない。

「あっ……あっ……」

里美は深い悲しみのなか、ゆったりと腰を振りはじめた。この苦しみから逃れるには、快楽に溺れるしかなかった。

這いつくばった身体を前後に揺する。男根がゆっくりと出入りして、肉の愉悦がひろがっていく。心は塞ぎこんでいるのに、身体はどうしようもなく感じてしまう。結合部からは、恥ずかしい蜜音が響き渡っていた。

「素直になってきたみたいだな」

久志が嬉しそうに声をかけてくる。くびれた腰を爪の先でくすぐっては、背筋に唇を這わせてきた。

「ああっ、ダ、ダメです……はああっ」

腰の振りが徐々に大きくなる。自分から快楽を求めることで、なおさら罪悪感が膨らんだ。

いったい、どこまで堕《お》ちていくのだろう。不安に駆られて涙しながらも、里美は腰をくねらせて喘ぎつづけた。

「うっぅぅっ、許して……あぁっ、許してぇっ」

「もうこうなったら、感じるしかないだろう」

久志はいったん男根を引き抜き、里美の裸体を転がして仰向けにする。そして、正常位で貫いてから、背中に手をまわして抱きあげた。

「あううっ！」

胡座《あぐら》をかいた股間に女体を乗せあげる対面座位だ。

亀頭が深い場所まで入りこみ、子宮口をグリグリと刺激する。頭のなかで火花が飛び散り、たまらずペニスを思いきり締めつけた。

「お、奥はダメっ、あああッ！」

「ぬううっ、これはきつい」

久志が呻きながら膝を揺することで、里美の身体が上下に弾む。奥の奥まで抉られて、強烈な快感が突き抜けた。

「ああッ、ああッ、ふ、深いっ」

とてもではないが我慢できない。焦らしに焦らされたことで、感度が普段の何十倍にもなっていた。義父の首に抱きつき、乳房を胸板に擦りつける。裸体をぴったり密着させて、腰を小刻みにしゃくりあげた。

「そ、そんなにしたら……あッ、あッ」

「ほら、もっと感じていいんだぞ」

耳もとで囁く声も性感を刺激する。指先で背筋をなぞられると、ゾクゾクするような快感がひろがった。

「はああッ、い、いやっ、ああッ」

夫のことを忘れた訳ではないが、次から次へと押し寄せてくる愉悦の波には逆らえない。里美は全身を悶えさせて、涙を流しながら喘ぎまくった。

「ああッ、激しい、ああッ、激しいですっ」

「くっ、い、いいぞ、もっと感じるんだ」

久志の声も上擦っている。目を血走らせた必死の形相で、股間を力強く突きあげていた。

「どうだ、感じるだろ？」

「い、いいっ、ああッ、いいっ」

もう自分に嘘をつけない。夫以外の男根で貫かれて、我を失うほど感じていた。

「紀之よりもいいだろう？」

「そ、それは……」

「こんなに締めつけておいて、今さら違うとは言わせないぞ。そらッ！」

腰を引き寄せられると同時に、太幹を叩きこまれる。膣の奥を抉られて、子宮が突き破られたかと思うほどの衝撃に襲われた。

「ひああッ！　壊れちゃうっ」

「くうっ、わたしと紀之、どっちがいいんだ？」

同じ質問を繰り返し、逞しすぎる男根をズンズンと突きあげてくる。子宮を揺さぶられる感覚は強烈で、身も心も支配されているような気分になってしまう。頭の芯まで痺れて、もうなにも考えられなかった。

「答えるんだ！」

「あああッ、い、いいっ……お、お義父さんのほうが……いいです！」

子宮口を痛烈に叩かれた弾みで、ついに禁断の言葉を口にしてしまう。もう自分を誤魔化せない。肉体はさらなる快感を求めている。義父のペニスでアクメに導かれることを欲していた。

里美は背徳的な快楽の虜《とりこ》と化していた。

「さ、里美……な、なにをしてる？」

そのときだった。背後で震える声が聞こえてハッとする。

視線を巡らせると、寝室の入口に紀之が呆然と立ち尽くしていた。

今夜も遅くなると言っていたが、予定が変わったので、早めに帰宅することにしたのだろう。先ほどの電話は、家の近くまできて、それを伝えようとしたものだった。

里美の全身を絶望感が包んでいく。

「い、いやっ、見ないで、見ちゃいやぁっ！」

混乱して絶叫するが、義父はピストンをやめようとしない。里美の背中をしっかり抱いて、真下から激しく突きあげてきた。

「ぬううッ、里美さんっ、ぬおおおッ！」

息子に見られていることなど気にする素振りもなく、久志は一心不乱に男根を突きこんでくる。いや、むしろ視線を感じて興奮しているのかもしれない。ますますピストンスピードがあがっていた。

「ああッ、ああッ、や、やめてっ、あああッ」

「こうなったら見てもらうしかないだろう。里美さんの本当の姿を」

「ち、違うの、こんなの……あッ、ああッ、あなた見ないでっ」

夫の見ている前で義父に抱かれている。異常なシチュエーションだというのに、なぜか喘ぎ声をとめられない。絶望感がどす黒い快楽に変わり、蜜壷は意思と関係なく義父の男根を締めつけた。

「くおッ、また締まってきたぞ。まったくいやらしい嫁だよ」

「ウ、ウソです、そんな……あああッ」

首をゆるゆると振りたくるが、快感はとめどなく大きくなる。長大な男根を穿《うが》ちこまれるたび、義父の背中に爪を立ててよがり泣いた。

「あああッ、も、もういやっ、あああああッ」

視界の隅には、夫の引きつった顔が映っている。ショックのあまり声も出せず、ただただ目を丸くして見つめていた。

「ううッ、里美さんっ、そ、そろそろ……おおおッ」

「お、お義父さんっ……はむううッ」

唇を奪われて、ぶ厚い舌を入れられる。その間も女体を揺さぶられて、男根を抜き差しされていた。

（もうダメっ、本当におかしくなっちゃう）

背徳感に揺さぶられて、頭のなかが真っ白になっていく。

蜜壺内を蠢きつづける男根も、悲しみと蔑《さげす》みがミックスされた夫の視線も、口内を這いまわる義父の舌も、すべてが里美の性感を刺激している。嫌で嫌でたまらないからこそ、なにもかも忘れて快楽の世界に溺れたかった。

「ああッ、いい、いいっ、もっと、あああッ、もっとしてくださいっ」

あられもない言葉を放ちながら、里美も腰をしゃくりあげる。夫が見ていることを忘れた訳ではないが、この圧倒的などす黒い快楽からは逃れられない。どんなに頭でいけないと思っても、腰を振らずにはいられなかった。

「おおおッ、すごい締まりだっ……うむむっ、で、出そうだっ」

「ああッ、お義父さん、ああぁッ、わたしも、もうっ」

遠くに見えていたアクメの高波が、猛烈な勢いで押し寄せてくる。里美は義父の背中に爪を立てて、ひときわ大きな喘ぎ声を響かせた。

「も、もうダメですっ、あああぁッ」

「くおッ、だ、出すぞっ、おおッ、ぬおおおおおッ！」

久志が野太い呻き声を振りまきながら、蜜壺に埋めこんだ男根を脈動させる。熱い体液を注ぎこみ、なおかつ腰を思いきり突きあげた。

「ひあぁッ、も、もうダメっ、あ、あなた許して、あああッ、イクっ、イクイクっ、はあああぁッ、イッちゃううぅッ！」

激しくピストンされて、中出しされると同時に快楽に呑みこまれる。めくるめく絶頂に昇り詰めると、思いきり男根を締めあげた。

義父は低く唸り、二度三度と精液を注ぎこんでくる。そのたびに里美もよがり泣き、何度もアクメに達していた。

どうすることもできなかった。

久志が繰り出すピストンは、里美の理性を粉々に打ち砕いた。連続して絶頂に導かれて、最後のほうは意識がほとんど飛んでいた。

これ以上の快楽はこの世に存在しないだろうと思えるほどの、凄まじいオルガスムスだった。

連続アクメで朦朧《もうろう》とするなか、紀之がショックを受けた様子で、フラフラと寝室から出ていくのが見えた。もちろん、引き留めることなどできなかった。

里美は汗ばんだ裸身をシーツの上に横たえている。黙って夫の背中を見送りながら、心のなかで「さようなら」とつぶやいた——。

エピローグ

二月下旬――。

実家に戻って一週間が過ぎていた。

すべてを見られてしまった以上、もう夫といっしょに暮らすことはできなかった。

あの夜、着の身着のままで家を飛びだし、行く当てもなく街をさ迷った。そして結局、実家に足が向いていた。

かつて母娘で住んでいた郊外の賃貸マンションに、現在は母親の幸子《さちこ》がひとりで暮らしている。里美が突然帰ってくると、幸子は驚いた様子だったが、なにも尋ねずに迎えてくれた。

――好きなだけゆっくりしなさい。

やさしい言葉が、凍《い》てついた心に染み入るようだった。

もう二度と夫の前に顔を出すつもりはない。紀之は会いたくないだろうし、里美も合わせる顔がなかった。

先日、離婚届にサインをして、夫のもとに郵送した。そろそろ届いている頃だ。あんな現場に遭遇したのだから、紀之も躊躇せずにサインをして役所に届けるだろう。

これからのことは考えられない。なにも手につかず、食欲も湧かなかった。母親はなにも聞かずにそっとしてくれる。苦悩の日々のなかで、それだけがせめてもの救いだった。

幸子は朝からスーパーのレジ打ちの仕事に出かけている。里美はひとりで家に残っていた。

毎日ぼんやりしているのも申し訳ないので、部屋に掃除機をかけたり、洗濯をすることにした。食事も今日からは自分が作るつもりだ。

家事に没頭していると、気持ちが少し落ち着いてきた。そして、紀之との幸せだった結婚生活が思い出された。もう取り戻せないとわかっていても、楽しかった日々が脳裏に浮かんでは消えていく。

淋しさから過ちを犯し、背徳の快楽に溺れてしまったが、本当に求めていたのは愛する人との温かな生活だったと今になってしみじみ思う。

(紀之さん……紀之さん……)

もう会うことのない相手の名前を、心のなかで繰り返し呼んでみる。

紀之のやさしい笑顔は瞼の裏に焼きついている。失ったものの大きさと、彼に対する謝罪の念で思わず涙ぐんでしまう。

悲しみでしばらく放心していた里美だが、なんとか心を持ち直して再び家事に戻ろうとする。そのとき、来客を告げるチャイムが鳴った。旧式なのでモニターはついていない。玄関に向かってドアを開けた。

「あ……」

そこにはスーツ姿の紀之が立っていた。

思わず後ずさりすると、紀之は黙って玄関に入ってくる。ドアが静かに閉まり、二人の間に沈黙が流れた。

互いに言葉もなく見つめ合う。

里美は下唇をキュッと嚙み、紀之は頬を強張らせていた。

なにか言葉を発すれば、微妙に保たれている均衡《きんこう》が一気に崩れてしまいそうだった。

「親父とは縁を切ったよ」

どれくらい時間が経ったのだろう。紀之が思いのほか落ち着いた声で、衝撃的な言葉を口にした。

里美は肩をすくめてうつむき、身動きひとつできなかった。

彼の考えていることがわからない。逃げだしたい気持ちを抑えるので精いっぱいだった。

「会社に転属願いを出したんだ」

紀之は言葉を選ぶようにゆっくりと話しはじめた。

「仕事のことばかりで、里美に目が向いてなかった。ちょっと昇進したくらいで調子に乗ってたのかもしれない。反省してるよ」

すでに東京本社から大阪支店に転勤することが決まっている。出世コースからは外れるが、家族と過ごす時間を優先する道を選んだという。

「ついて来てほしい」

「……え？」

呆然とする里美の肩に、紀之の手がそっと重ねられる。手のひらから温もりが伝わり、凍てついていた心を溶かしていく。

「遅くなってごめん。迎えにきたよ」

恐るおそる顔をあげると、大好きなやさしい笑顔が待っていた。

「の、紀之さん……わ、わたし……」

様々な想いが一気にこみあげてくる。謝らないといけないのに、大粒の涙がポロポロと溢れだした。

紀之はなにも言わずに抱き締めてくれる。温かい胸に包まれると、これまでの過ちが消えてなくなるような気がした。

きっとやり直せる。困難な道かもしれないけれど、互いに信じる気持ちがあれば乗り越えていける。

里美は清らかな涙を流しながら、彼を強く抱き締め返した。

（了）

※本書は二〇一三年一二月に刊行された
竹書房ラブロマン文庫『ほしがる嫁』
の新装版です。

＊本作品はフィクションです。作品内に登場する人名、地名、団体名等は実在のものとは関係ありません。

長編小説

ほしがる嫁《よめ》＜新装版＞

葉《は》月《づき》奏《そう》太《た》

2020年4月6日　初版第一刷発行

ブックデザイン……………………　橋元浩明（sowhat.Inc.）

発行人……………………………………後藤明信
発行所……………………………………株式会社竹書房
〒102-0072　東京都千代田区飯田橋２－７－３
電話　03-3264-1576（代表）
03-3234-6301（編集）
http://www.takeshobo.co.jp
印刷・製本……………………… 中央精版印刷株式会社

ISBN978-4-8019-2224-2　C0193